天狗と狐、父になる

芹沢政信

講談社
タイガ

人物紹介

人間の赤子。女の子。詳細不明。
実華
黒舞戒《コクブカイ》
御年600年を越える伝説の大天狗。長らく粗暴と恐れられる。得意料理は野菜のグラタン。
宮杵稲
黒舞戒の宿敵にして狐狸のあやかし。知略縦横かつ冷酷。得意なのは会社経営。

目次

カバーイラスト――伊東七つ生
カバーデザイン――ムシカゴグラフィクス

天狗と狐、父になる

第一話

天狗《てんぐ》、山を出る

1

黒舞戒《コクブカイ》は、ただの天狗ではない。

あやかしの世界では名を知らぬものがいないほどの、伝説級の存在である。

焔《ほのお》のように輝く乱れ髪、瞳《ひとみ》は澄んだ琥珀《こはく》色。野性味のある濃い肌に鼻筋のとおった顔立ちは、東洋のあやかしというより遠い異国の神々を思わせる。漆黒の翼を羽ばたかせて空を舞う姿は、悪魔王ルシフェルのごとしと称しても過言ではないだろう。禍々《まがまが》しい威容に違わず気性は荒く、ひとたび暴《あば》れたなら天を裂き山を砕《くだ》き、地上に雷の雨を降らせるほどだった。

欲しいものがあれば力ずくで手に入れる。気に入らなければ龍ですら組み伏せる。陰《おん》陽寮《みょうりょう》の術師のみならず、京都の鞍馬《くらま》ですらその尋常ならざる力を畏《おそ》れ、黒舞戒が住まう上州の山々を、自らの支配圏に置くことを諦《あきら》めたという。

しかし――そんな最強の天狗にも、仇敵《きゅうてき》と呼ぶべきものが存在した。男の名はオサキの宮杵稲《クキトウ》。血のように赤い瞳、しなやかな黒髪に銀色の獣耳を生《は》やした、女形《おやま》のごとき麗しい人姿をまとう狐狸《こり》のあやかしである。

あるときは住処《すみか》である根本の支配権をめぐり、あるときは美しい女をめぐり、顔を突きあわせるたびに血で血を洗う激戦を繰り広げてきた。そのあまりの激しさから災害のごとく語り継がれ、ふたりの名を聞いただけで逃げだしてしまうあやかしも多かったという。

そして六百年の歳月が流れた今、天狗と狐《きつね》は再び険《けわ》しい顔で向かいあうことになった。もはや爪牙《そうが》を交えるだけでは解決しない。最強最悪のあやかしコンビの関係は、いよいよ最終段階というべき局面にまで発展しつつあったのである。

◇

「ぼくたち、結婚するべきじゃないかな」

「待て待て。なんでまた急にそんな話になったのだ」

広々とした屋敷《やしき》のリビングにて。いきなり飛びだした爆弾発言に、黒舞戒は思わずソファからずり落ちそうになった。

思いつめたようなまなざし、かすかに震える肩、ほんのりと色づいた頰《ほお》。花のように華奢《きゃしゃ》で可憐《かれん》な男であるだけに、こちらにそんなつもりはなくても妙な空気が漂ってしまう。

「この屋敷で君と暮らすようになってから、そろそろ一年が経《た》つだろう？　人間の世界で暮らしているとお互いの関係についてたずねられる機会は多いし、諸々《もろもろ》の都合を考えたら今のうちに戸籍だって登録しておきたい。せめて共通の苗字《みょうじ》くらいは用意しておかないと、なにかあったときに怪しまれてしまうからね」

「だとしても結婚は飛躍しすぎだろ。……さてはお前、酔っておるな？」

宮杵稲は返事の代わりに、ひっくと喉《のど》を鳴らした。夕食の際、酒に弱いというこの男に無理やりビールを飲ませたのだが、まさかたったひと口で我を忘れるほど酔うとは思わなかった。よく見れば瞳の焦点が合っていないし、この様子では明日になったらケロッと忘れているか、はたまた恥ずかしさのあまり首を吊《つ》りたくなってしまうに違いない。

「なんで嫌そうな顔をするんだよ！　家族になるって約束したじゃないか！」

「ぎゃあっ！　へばりついてくるな、うっとうしいやつめ！」

誓いのキスでもするつもりなのか顔を近づけてくる仇敵に、さすがの天狗も悲鳴をあげてしまう。こんなにでかい声でわめいていたら——と、思いがけず危機感を抱いたところで屋敷の奥からてこてことこともうひとりの住人がやってくる。

くりくりとした丸い瞳。人間の、小さな赤子である。

「ぱーぱ？」

「やはり起こしてしまったか……。天狗のおいたんも狐のおいたんも今ちょっと手が離せないから、実華《みか》ちゃんはお行儀よくしていてくだちゃいねー」

慌ててそう言うも、気持ちよく寝ていたところで叩《たた》き起《お》こされたからか、赤子はくしゃっと顔をゆがめ、今にも噴火しそうな有様《ありさま》である。

六百年来の仇敵とひとつ屋根のしたで暮らし、人間の赤子を育てることになったばかりか、情熱的なプロポーズまでされるとは……いったいなんの因果《いんが》で、こんな生活を送るはめになったのか。

錯乱する狐と、やかましく泣きだした赤子に翻弄《ほんろう》されながら——黒舞戒の頭の中でぐるぐると、過去の記憶が呼び覚まされていく。

◇

そもそもの話、黒舞戒は人間のことが大嫌いだった。

昔からそうだったわけではない。

むしろ、あやかしの中ではうまくやれていたほうだった。

京の都で百鬼夜行の騒乱が起これば、弱いものいじめはやめろと強者揃《ぞろ》いの軍勢をちぎっては投げ、安政の大火の折には火消しに奔走し、江戸の民衆に涙ながらに感謝されたこともあった。山岳信仰が盛《さか》んだったころには多くの参拝客が根本の山を訪れ、社を建てられ神のごとく崇《あが》め奉られていた。

しかし明治の神仏分離令によって社殿のほとんどが失われると、いつしか存在ごと人々から忘れ去られるようになった。

天狗としては当然、面白くない。不機嫌そうにしていることが多くなり、なまじ力が強すぎるがために、近しいものたちでさえ近寄らなくなる。そうこうしているうちにずるずると年月が過ぎていき、あやかしの世界においても過去の存在となってしまう。

丁稚《でっち》として長年仕えていたカワウソの衣雷《イライ》ですら、

『あんたはもう、おいらが知っている黒舞戒サマじゃないっす』

と、愛想《あいそう》をつかして郷里に帰る始末。おかげで伝説の天狗はひと知れず落ちぶれ、かび臭い社でくだを巻くだけのあやかしに成り果てたわけである。

そうなる前になんとかすればよかったのに――という意見もあるだろうが、絶対的な存在である黒舞戒は飢えや苦しみというものを感じたことがなく、孤独な暮らしの中にあっても生き抜くことができてしまった。

ボロ布同然と化した黒の作務衣《さむえ》を身にまとい、物置だった掘っ建て小屋を新たな社とし、明けては暮れていく空を眺《なが》めるだけの日々。季節によって変幻自在に在り方を変えていく山の生活はいつになっても飽きることはなかったものの、天気が悪いときだけは別だった。地面に半分ほど埋まった社に避難し、朽ちかけた天井を眺めていると、己はなぜこんな暮らしをしているのかと、つい考えてしまうからだ。

そしてある雨の日の夜、住処のほうが先に限界を迎えた。床のうえでいびきをかいていた天狗の鼻先に、ぽとりと水滴が垂れてきたのである。

雨漏りとなれば、寝るどころではない。社の隅《すみ》っこに避難しても今度は無理な姿勢になって息苦しく、ぴとん、ぴとん、と床を打つ音に悩まされる。黒舞戒は「があっ！」と声をあげて起きあがると、そのまま夜の闇《やみ》におどりでた。

夜目が利く天狗の眼《め》で屋根をあおぐと、青い布がばさばさと風にあおられていた。いつだか衣雷が「応急処置っすよ」と言って張りつけたブルーシートがはがれて、そこから雨粒が流れ落ちているようだった。

「天狗たるもの、雨漏りごとき造作もない」

自信満々に言い放ち、ムササビのごとく羽を広げて屋根まで飛びあがる。

しかし敵は思いのほか曲者《くせもの》だった。ブルーシートに釘《くぎ》を打ちつけようとするのだが、雨風を受けてやたらめったらとなびくせいで、なかなかうまくいかない。なんとか押さえつけて金槌で叩くも、屋根が老朽化しているからか木の板ごとばきりと折れてしまう。

おかしい。こんなはずでは。

衣雷みたいにトンカントンカンできると踏んでいたのに、金槌《かなづち》で指を打ちつけてもだえる始末。次こそ当てなくては、カワウソ以下の無器用《ぶきっちょ》になってしまう。

黒舞戒の焦りに山の気が同調し、雨は激しい雷雨に変わっていく。

横殴りに打ちつける風を払う最中、ふと脳裏に忌《い》まわしい記憶がよぎった。

――どんなに強くたって、ひとりぼっちじゃ生きていけないんすよ。

「黙れ衣雷！　お前がいなくたって、俺はやっていけるのだ！」

むきになればなるほど手が滑《すべ》り、岩をも砕く剛腕によって屋根はぼろぼろになってい く。そのうちに風でめくれあがったブルーシートがべたりと顔にへばりつき、屋根から転げ落ちそうになってしまう。じたばたともがいて剝《は》がしたすえに、いよいよ堪忍袋の緒が切れた。

「破アッ！」

耳をつんざくほどの雷鳴が響き渡り、ありとあらゆるものを粉砕する。憎きブルーシートを、ボロボロになっていた屋根を、長年にわたり暮らしてきた天狗の社を。

天地を揺るがすほどの勢いで放たれた一撃は雨雲どころか夜の闇をも吹き飛ばし、ほどなくして日の出がおとずれる。

いつものように朝の光を浴びて、山のあちこちから緑の息吹が――とはならず、周囲に漂うのは湿った木が燃えたときの、喉にこびりつくような煙の匂《にお》い。長らく苦楽をともにしてきた住処の、最後の最後に残った掘っ建て小屋ですら、今や黒々と焦《こ》げた炭の塊《かたまり》となって崩れ落ちている。

なぜこうなったのか。どこで間違えたのか。

黒舞戒は空を見あげ、ぽつりと呟《つぶや》いた。

「なにもかも、人間が悪い」

過ぎたことを悔《く》やむより、前に進むべき。

我が身を崇めることを忘れた薄情者どもに、今こそ思い知らせてやらなくては。

こうして天狗は心機一転、人里に降りることを決意したのであった。

◇

ぐうと腹の虫が鳴き、黒舞戒はまどろみから目を覚ました。

公園の時計に目をやると、午後三時を過ぎたころ。ぱさりと音がしたので振り返ると、野良猫が食いかけのサンドイッチを拾ってきてくれた。山の化身たる天狗が飢えているのを見かねたのだろうか。無言で首を横に振ったあと、優しく頭をなでてから追い払う。

黒舞戒は寝ぐせのついた赤髪をかきあげ、備えつけのベンチから身を起こす。漆黒の翼はかさばるため肩甲骨の中に仕舞いこんでいるが、そうしているとほとんど人間と変わらない。煤《すす》と泥にまみれた顔でボロ布と化した作務衣をまとっているため、螺鈿《らでん》細工のごときらびやかな容貌《ようぼう》もまた見る影もなくくすんでしまっている。

勢いのまま山から降りてきたところまではよかったが、なまじ気位が高いせいで悪事のたぐいにまったく向いていなかった。本気を出せば弱いものいじめになってしまうし、ならば面と向かってやりあわずにどうこらしめてやろうか……なんてまわりくどいことを考えているうちに、気がつけば数日が過ぎていた。

心機一転すると決めたばかりなのに、まったくもってよくない流れである。悠久の時を生きているだけに天狗の気は長い。公園のベンチでぼんやりしたまま数十年、なんてことにもなりかねない。そもそも面倒くさがって山に引きこもっているうちに、世間はこうも様変わりしてしまったのではなかろうか。

「気は進まぬが、やはり同胞のもとをたずねるとしよう」

決心したところでえいやっと立ちあがり、黒舞戒は街の中心部である駅のほうへ向かう。今いるところは上州でもっとも栄える地、群馬県高崎市である。

人間たちのほとんどは気づいてさえいないが、高崎市はあやかしに支配されている。だからこそ急速に発展しつつあり、今や県庁所在地の前橋市をゆうに超えている。次に狙《ねら》うは宇都宮《うつのみや》か大宮か、はたまた新宿か。いずれにせよ、すべては影の支配者たる『九里頭《クリズ》』の手柄《てがら》だろう。

かのあやかしは六百年の歳月を生きる黒舞戒よりも古くから存在し、かつては人身御供《ひとみごくう》を要求するなど荒々しい面もあったという。老妖《ろうよう》となった今でさえ、その影響力は衰えるどころか増す一方。人の世で支配者となるコツを聞くには、絶好の相手と言えるだろう。

「たのもう、九里頭どのに用があり参った」

慣れない道をさまようこと三十分。龍とも蛇ともつかぬ飾りが表札代わりについた屋敷を見つけた黒舞戒は、鉄の戸をばんばんと叩いて反応を待つ。外からでもわかるくらいに妖気《ようき》が密集しているし、質素な外観の中に隠された陰陽的な意匠の数々からして、件《くだん》のあやかしの住処と見て間違いなさそうだ。

やがていくつもの足音が響いてきて、黒いスーツ姿の男たちがやってくる。身なりこそ上等だが揃って面構えが悪く、がたいもよいためカタギの人間には見えない。屋敷から漂ってきた妖気が彼らのものであることからしても、あやかしが化けていると考えていいだろう。

「我こそは黒舞戒なり。お互い面識はないが、この名を伝えれば九里頭どのもわかるはずだ。さっさと呼んでこい」

「はあ？　お前があの、根本の大天狗だと？」

主格らしき男が前に出て、あからさまに疑わしい視線を向けてくる。

どうだこの威厳《いげん》とばかりにふんぞり返ってみせる黒舞戒。しかし雑巾《ぞうきん》のような作務衣をまとった姿でそんなポーズを決められると、なおさら滑稽《こっけい》に見えてしまう。

遠巻きに様子をうかがっていた若い家来たちも、煤と泥にまみれた天狗を鼻で笑ったあと、主格の男をまじえてコソコソと話をしはじめる。

「黒舞戒って、陰陽寮の手練《てだ》れですら討伐を諦めたっていう最強の上州あやかしでしょ。こんなみすぼらしいやつが本物のわけないっすよ」

「顔が三つで手が六本って、婆《ばあ》ちゃんから聞いたことあるっすけど」

「口から炎と冷気の息を同時に吐《は》くって噂《うわさ》もあるっすね。遠野あたりから来た田舎《いなか》もんが、イキってハッタリかましているだけじゃないっすか」

次々と語られる逸話に耳を傾けながら、主格の男はうんうんとうなずく。

そのあとで白《しら》けたようなまなざしを天狗に向けると、

「九里頭様は面倒見のよい御方だが、礼儀のなっていない若造の相手まではせんよ。それとも伝説の天狗らしく、力ずくで言うことを聞かせるか？」

ぱきぽきと指を鳴らしながら、主格の男は意地の悪い笑みを浮かべる。

上背のある黒舞戒ですら、見あげるほどの巨体。あやかしでなければ相撲取《すもうと》りにでもなれそうな男なだけに、腕っぷしにはよほど自信があるのだろう。

しかし天狗はすっと手を差しだし、相手にたずねる。

「俺を若造とのたまう、お前はいくつだ」

「聞いて驚くな。オレサマは今年で百二十となる古狸《ふるだぬき》の」

主格の男はそう言いながら、握り返した手で天狗を軽く捻《ひね》ろうとする。

しかしいくら力をこめてもびくともしない。巨木か、岩か、それ以上に巨大ななにかをつかんだような……。異様な感触に慌てて手を離そうとするが、そこでミシリと嫌な音が響く。

「ぎゃああっ！　痛い痛い折れるぅっ！」

「握手くらいで大袈裟《おおげさ》なやつだな。ほら、目上のあやかしには頭をさげろ」

次の瞬間、男の巨体が縦にぐるりと回転し、頭から地面に激突する。

威勢のよかった姿はどこへやら、古狸のあやかしがあっさりとやられたのを見て、取り巻きの家来たちは腰を抜かして後ずさる。天狗は追い打ちをかけるように、漆黒の翼をバッと広げた。

「これで信じてもらえるか？　お前らの態度次第でもっと見せてやってもよい」

凄《すご》みをきかせて妖気を解放すると、電柱にとまっていた鳩《はと》が一斉に飛びたっていく。遠くの空からはゴロゴロと雷鳴が轟《とどろ》き、大地はかすかに鳴動しはじめる。

周囲に与える影響が大きすぎるがゆえに、普段は力を抑えている――目の前の男が本物だと理解した家来たちは、慌てた様子で屋敷の中に消えていく。あとに残された天狗はふんと鼻を鳴らし、白目をむいて倒れている古狸をちょんちょんとつつく。

最近のあやかしは根性がないな。

お前たちがそんなだから、地上の覇権を人間どもに奪われたのではないか。

◇

九里頭様にお会いになるのであれば、身を清めてからにしてもらいたい。

今ではへこへこと頭をさげるようになった古狸のあやかしにそう懇願《こんがん》されたので、黒舞戒は屋敷の風呂《ふろ》を借りることにした。

長いこと身にまとっていたボロ布を脱ぎ捨て、全身にこびりついた煤や泥をボディ用たわしでゴシゴシと落としていくと、日に焼けたカラメル色の肌があらわになっていく。鍛《きた》えあげられた肩や太ももは触れたら弾《はじ》けそうなほど張りがあり、胸筋にいたっては磨《みが》かれた銅のようである。くすんでパサパサになっていた髪もシャンプーで洗い流すと本来の色を取り戻し、泡《あわ》を切るときにばっとかきあげると、鮮烈な赤が紅石のような輝きを放った。

こうしてかつての威容を取り戻した黒舞戒は、作務衣の代わりに渡された黒いスーツに袖《そで》を通す。銘は『PRADA』とあるが、和装しかしたことのない天狗には着方がわからない。四苦八苦したあげく着崩したような格好になるが、異国風の精悍《せいかん》な顔立ちだけに思いのほか様になっており、古狸のあやかしに見せると「さすがは黒舞戒様ですな。エグザイルのメンバーと言われても違和感がない」と、よくわからない称賛の言葉を呟いた。

時刻は午後六時。九里頭は人間の姿で商談をすませ、高崎駅近くの喫茶店パリモダンで夕食をとっているころだという。道の手前まで古狸に案内してもらい、黒舞戒は昭和レトロと看板に記された喫茶店へと足を踏み入れる。

店内はうす暗く、革張りの椅子《いす》やマホガニーのテーブルを、暖色のランプがうっすらと照らしている。六百年の歳月を生きる天狗からしてみれば明治や江戸ですら『つい最近』であり、昭和レトロと言われたところでピンと来ない。しかし隠れ家のような雰囲気はかつての社を彷彿《ほうふつ》とさせ、なかなか居心地のよさそうな空間に思えた。

「──おぬしが黒舞戒か。なるほど、そのへんのあやかしとは面構えが違う」

テーブル席の隅で、七五三のような袴《はかま》姿の少年が笑みを向けていた。

黒地に白い龍が描かれた羽織《はおり》がとにかく目を引く。天狗と同じく力を抑えているようだが、妖気の桁《けた》が尋常ではなく、全身からゆらぎのような残滓《ざんし》が漂っている。この男が噂に聞く九里頭であることは、あえてたずねるまでもないだろう。

「九里頭どの、お初にお目にかかる」

「なんか食べる？　オススメはチーズキーマカレー」

「ではそれを」

手短に返し、向かいの席に腰をおろす。

黒舞戒はあらためて九里頭の姿を眺めた。童子めいた口調のわりに貫禄《かんろく》があり、慇懃《いんぎん》な笑みを浮かべながらも眼光は鋭い。散切り頭の髪は白に近い銀色で、その姿は月明かりを浴びてギラリと輝く妖刀《ようとう》を思わせる。身にまとう羽織も派手なだけではなく、不思議な光沢を放つ絹で織られており、表面に施された龍の紋様が時折ぎょろりと視線をさまよわせている。

ただものではない。そう感じるほどの相手に出会ったのは何百年ぶりだろうか。高崎市を支配するものとは群馬の王であることと同義であり、目の前にいるのはまぎれもなく上州あやかしの、頂点に位置する存在なのであった。

「迷っているのだね。どうにかしたいのだが、なにをどうしたらいいのかわからない」

そんなことはない。脊髄《せきずい》反射で言いかけて、途中で口をつぐむ。

人里に降りてきたものの早々に手詰まりとなっていたのは事実である。

ならばこそこうして、上州あやかしの覇者に話を聞きにきたのではなかったか。

言《い》い淀《よど》んでいる黒舞戒を見て、九里頭は困ったような笑みを浮かべる。

「余のところに来るものはみんなそう。中でもおぬしはかなりの重症だね」

相手が並のあやかしであったなら、わかったような口をきくなと憤慨《ふんがい》したことだろう。

しかし黒舞戒はまたもや否定できず、どころかぺらぺらと身の上話をはじめる。自分でもなにに対して焦っているのかよくわからなかったが、堰《せき》を切ったように言葉が溢《あふ》れてきてしまったのだ。

時間にして五分ほど。すべてを聞き終えた九里頭は、

「人間が悪い、か。でも、そもそもの原因はおぬしにあるのでは？」

「ぐっ！」

ずばり言われて、天狗はたまらず胸を押さえた。

九里頭は懐《ふところ》から細長いキセルを取りだすと、喫煙オーケーと書かれた店内で紫煙をくゆらせる。そうやってもったいをつけたあと、さらに鋭い言葉のナイフを突きたてた。

「酒を飲んで毎日ふてくされているだけのくせに、過去の栄光にすがってやたらと偉ぶる。あまつさえ癇癪《かんしゃく》を起こして、長年暮らしてきた社を粉砕してしまう。そんなみっともないやつのことを誰が崇める。丁稚が愛想を尽かしてしまうのも無理はない」

「ち、違う。人間が……」

「違わないよ。おぬしは六百年も生きてきたくせに、なにも成長しちゃいない。好きなだけ遊んで暴れて暮らす。実にあやかしらしい生き方だね。しかし周りはどんどん進歩しているのだから、いつまでもそんなふうにしていたら、時代の流れに取り残されるだけさ」

まごうことなき正論。初対面だというのに、九里頭はいっさいの容赦がない。

これには参った。幼《おさな》いころから絶対的な強者として君臨していただけに、黒舞戒は忖度《そんたく》なしに意見をぶつけられることに慣れていない。テーブルを蹴《け》っ飛《と》ばしてやろうかと考えるが、癇癪を起こすのはみっともないと指摘されたばかりなので、顔を真っ赤にしながら

必死に我慢する。

しかし、そこで注文していた料理が届く。

ほっと息を吐いてから手をつけようとすると、

「なんだこれは！　真っ白ではないか！」

「パリモダンのキーマは白いんだよ。表面をチーズで包んでいるから」

見ためは半分に切った毬《まり》である。

こんな面妖《めんよう》なものが食えるかと思いつつも、口に運んでみる。

直後、黒舞戒は脳天をわしづかみにされたような衝撃に襲われた。今までに食べた料理とはまるで別物。天界のメニューかと疑うほどに美味である。

「チーズの酸味が驚くほどマッチするだろ？　普通のキーマカレーだって飛びあがるほど美味《おい》しいのに、それだけでは満足できずにこんなものまで作ってしまう。人間はこの世に現れたばかりの新参者だけど、飽くなき探求心でどんどん進化していく」

黒舞戒は眉間《みけん》にしわを寄せ、食いかけのチーズキーマカレーを見つめる。

たかが料理。

しかしあやかしは、千年かけてもこのような美味は生みだせない。

「余たちはなぜ繁栄できなかった？　超常なる力をその身に宿しておきながら、なぜ崇められるどころか隅に追いやられ、この世の覇権を人間に奪われてしまった？　新しいものを求めず、自らをあらためず、停滞した時の中で生きてきたからじゃないか」

「やつらのように生きろというのか。あやかしとしての矜持《きょうじ》を捨てて」

「おぬしは極端だなあ。あやかしはあやかしなのだから、同じようにはなれないよ。ただ学ぶところは多いはずだ。憎たらしいと感じているならなおのこと、人間のことをもっとよく知るべきなのさ」

九里頭はキセルを再び懐に仕舞うと、柔らかな微笑を浮かべる。座敷童《ざしきわらし》のような姿ではあるが見かけよりずっと大きく感じられ、黒舞戒は相手の見識の深さを認めざるを得なかった。

弱っちい人間から学ぶなど腹立たしいかぎりではあるものの、現状を見るに衰退しつつあるのはあやかしのほうである。その理由が昔ながらの生き方に縛られ進歩がないからなのだとしたら――新しいものを求め変わろうとしていけば、最終的に勝つのは人間よりも強い力を持つあやかし、ということになる。

「さすがは上州あやかしの長。おかげで進むべき道が見えた気がするぞ」

「それはけっこう。しかし口で言うだけなら誰でもできるけど、不断の覚悟をもって臨めるあやかしはそういない。六百年も続けた生き方をあらためることになるのだから、相応の苦難を伴うものだよ」

「俺をそのへんのあやかしといっしょにするな。やる気になれば人間ごときに遅れを取ることはない。俗世の暮らしにも順応してみせるから今に見ておれ」

疑わしげなまなざしを向けてくる相手に、黒舞戒はふんぞり返って応戦する。

九里頭はまさしく蛇のようにすっと目を細め、

「ならばその言葉に嘘《うそ》がないか試してみよう。実のところ人間から希少な宝を譲り受けたのはいいが、デリケートな代物ゆえに扱いに困っていてね。おぬしにその宝の管理を任せたいと考えているのだけど、どうかな」

「いい度胸だな。この黒舞戒様を、番犬がわりにしようとは」

「ははは。むしろ自らの社をぶち壊した天狗には、うってつけの試練じゃないか。もちろんただでとは言わないよ。このお役目を無事に果たした暁には、余の名において相応のポストを用意してあげよう」

黒舞戒は腕を組み、しばし思案する。あやかし界隈《かいわい》においても人間の社会においても右も左もわからないでいる現状、なにかしらの仕事をこなし、信用と実績を得ておいたほうが都合はよいのは確かだった。

しかも相手はこの地の頂点に立つ御仁。かなり古い存在だというし、後継者を探している可能性だって十分に考えられる。権力者に取りいるようで引っかかりはあるものの、黒舞戒の名を再び世に知らしめるには、もっとも堅実な手段と言えるかもしれない。

「面白い。必要とあらば、地獄の釜にだって飛びこんでみせよう！」

天狗は高らかに笑い、勝鬨《かちどき》をあげる武将のごとくテーブルにどんと身を乗りだした。よもやこの世に、地獄の釜に飛びこむより恐ろしい試練があるとも知らずに。

◇

——件の宝は本町通りの先にある。

別れ際に九里頭からそう言われたので、黒舞戒は駅前からさらに奥へ進む。

すると、空き家の店舗が目立つようになった。色あざやかな看板や背の高いビルといった繁栄の名残《なごり》があちこちにあるだけに、なおさら侘《わび》しさが漂っている。

人の気が少なくなれば、あやかしにとっては好都合。九里頭は意図的に本町通りを寂《さび》れさせ、そこに自らの拠点を置いているという。件の宝が所蔵された屋敷もこの一帯にあり、黒舞戒をそのまま住まわせるという話でまとまっていた。

通りを歩き数分ほど経ったころ。交差点の手前にいた男が手を振ってくる。白のパーカーにNYと書かれた紺のベースボールキャップを合わせた、今どきの若者といった雰囲気である。

「お前が河童《かっぱ》の露尾《ロビ》であるな」

「どうも。一応はお目付け役ってことになってますけど、まあ雑用係みたいなもんですね。兄さんに比べたらひよっこもいいところですから、パシリに使ってください」

礼儀正しく頭をさげてきた露尾に、黒舞戒は満足げにうなずく。

人間に変化しているとはいえ河童らしくひょろりと線が細く、頼りなげに見えなくもない。しかし目の前にいるのが伝説の天狗だとわかったうえで臆《おく》することなく話しかけてきたことからして、古狸よりもよほど肝が据わった家来なのがわかる。九里頭としては若手の有望株を寄越した、といったところだろう。

「じはさっそく案内します」と、歩きはじめた露尾にならい、黒舞戒は昔ながらの煉瓦《れんが》造りの歩道を進んでいく。周囲の様子からボロ屋のようなものを想像していたのだが、あてがわれた住処の前までいざやってくると――。

「なんだこれは。ほとんど城ではないか」

「そりゃそうっすよ。黒舞戒サマは伝説級のあやかし、半端《はんぱ》な社に住まわせたとなれば我々の沽券《こけん》にかかわりますから」

そう言われると納得ではあるか。

露尾の説明によると、明治に建てられたものをリフォームした屋敷だという。昔ながらの奥ゆかしい日本様式の中に現代的な北欧建築の意匠がちりばめられており、天守閣を彷彿とさせる白い外壁に、伴天連《バテレン》の教会めいた門まで備えている。

「ひとりで住むには広すぎる気もするが、豪華であるに越したことはないな」

「あー……。その点については問題ないっすね」

露尾が小声でなにごとか呟いていたが、屋敷に夢中になっていた黒舞戒は気にも留めない。中に入ると玄関や廊下も当然のように明るく広々としていて、かび臭かった根本の社とは比べようもないほど快適そうに見えた。

黒舞戒はかつての栄華を思いだし、数百年ぶりにうきうきとした気分になっていた。しかしひときわ豪奢《ごうしゃ》なリビングにやってくると——誰もいないはずの屋敷に、先客がいた。

「よく来たね。しかしご主人様の前で頭が高いな、黒舞戒」

「宮杵稲っ！　お前がなぜ、こんなところにいやがるのだ⁉」

上等そうな革張りのソファに腰をおろし、我がもの顔でくつろいでいるのは、六百年の長きにわたり争ってきた仇敵であった。

血のように赤い瞳、まっすぐに伸びた黒い髪に白い肌。雛人形《ひなにんぎょう》のように柔らかな顔には蠱惑《こわく》的な笑みが浮かんでいる。身にまとうのは白の着流しで、頭には銀色の毛並みに包まれた獣耳が伸びている。狐狸のあやかしというより天女と称したほうがふさわしい華やかな容貌であるが、腹黒い本性を知っている身としては、憎たらしさのほうが先に立つ。

自分はこの状況に戸惑うばかりなのに、相手のほうはまったく動じていない。さては喧《けん》嘩《か》をふっかけるためだけに、屋敷に侵入して待ち伏せていたのだろうか。

黒舞戒が燃えるような髪を逆立《さかだ》て憤怒《ふんぬ》に顔を歪《ゆが》めていると、背後で眺めていた露尾が、場違いに間伸びした声でたずねてくる。

「めちゃくちゃ仲悪そうですけど、なにか因縁《いんねん》でもあるんですか？」

「数えあげればきりがないな。そもそも宮杵稲はオサキの狐——かの九尾が殺生石に封じられたとき、桐生《きりゅう》の側に飛び散った破片があやかしに変じたもの。元々は下野のあやかしであるのになぜか俺の縄張りである根本に棲《す》みつき、ことあるごとにちょっかいをかけてきおったのだ」

「先に喧嘩をふっかけてきたのは自分のくせに、被害者ヅラをしないでおくれよ。今回にしたってぼくの縄張りに土足で踏みこんできたのは、君のほうじゃないか」

「妙な言いがかりはよせ。この屋敷は九里頭どのから借り受けたものだぞ！」

黒舞戒は確認を求めるように露尾をキッとにらみつける。

河童の若者はへらへらと笑いながら、

「ここは宮杵稲サマが所有するお屋敷なので、天狗の兄さんのほうが厄介になるかたちになりますね。うちのボスより課せられた試練をこなす代わりに居候させてもらう、というのが今回の条件なもんで」

「なんだと……⁉　聞いていた話とまったく違うではないか……」

「実のところこの試練は最初から、宮杵稲サマに課せられたもの。しかし先日、さすがに手が足りないと窮状を訴えてきたのです。そこに天狗の兄さんがやってきましたので」

「この際だから組ませよう、というわけだな」

苦虫を噛《か》み潰《つぶ》したような顔のまま呟くと、露尾は「そんな感じっすね」と平然と返してくる。話がうまく進みすぎていると若干の不安を抱いていたが、よもやこんなところに落とし穴があるとは。仇敵のところに居候とは、あまりにも屈辱的な待遇ではないか。

黒舞戒は室内の中央に突っ立ったまま、ソファでくつろいでいる仇敵をにらみつける。肩に仕舞っていた翼を広げて威嚇すると、相手もまた組んでいた足を正し立ちあがる。お互いに妖気を抑えきれず、ゆらぎにあおられた照明のひとつがパチンと火花を散らした。

まさに一触即発――と、様子を眺めていた露尾が息を呑《の》んだのも束《つか》の間《ま》、宮杵稲のほうが先にふっと肩の力を抜く。

そのあとで態度を一変させ、猫を撫《な》でるときのような声で言った。

「こんなくだらない喧嘩はもうやめにしよう。ぼくたちは昔からずっと争ってきたけど、過去の因縁は水に流して、今こそ手を取りあおうじゃないか」

「お前、正気か？　それともなにか、裏があるのか？」

「九里頭どのから言われただろ。変わるべきときがきたって。もちろん、許せないという気持ちはわかる。ぼくの中にだってあるからね。だけどもし、君が協力してくれるのなら……」

「上目遣いで見つめてくるな！　気色の悪いやつめ！」

懇願するようにぎゅっと握られた手を、黒舞戒は反射的に払いのける。

仇敵がやけに素直でしおらしい。至近距離で顔を突きあわせているとまつ毛の長さや首筋の白さに目がいき、身体《からだ》の内側をくすぐられているような、むずむずとした気分になってくる。

天狗はバツの悪さから乱れ髪をさらにぐしゃぐしゃとかきあげたあと、平静さを取り戻すべく深呼吸する。それから宮杵稲の顔を見つめ直し、こう告げた。

「許す許さない、という話はひとまず置いておこう。天狗の名において約束したからには、なにがどうなろうとも試練を果たすつもりでいる。相方が因縁の相手だろうが知ったことか。俺は俺なりに、俺がなすべきことをするだけだ」

「なるほど。実に君らしい」

宮杵稲は納得したように呟いた。

それから細くしなやかな指をすっと伸ばし「露尾くん」と名指しする。

「ぼくの要望を聞き入れてもらえて助かったよ。それとも九里頭どのは、最初からこうなることも計算のうえだったのかな」

「どうでしょうねえ。協力者をお求めになるところまではともかく、宮杵稲サマと因縁のあるお相手がタイミングよく門を叩くということまでは、さすがに予想していなかったと思いますけど」

「いずれにせよ、今後はそこの天狗といっしょにやっていくつもりだ。しかしぼくは忙しいからね、ひとまず人間どもの社会でやっている別の仕事を片付けてきてもいいかな」

緊張を解いた様子の宮杵稲は、リビングの棚に置かれた芝山細工の根付をひと撫でする。九尾を祖とするオサキは雅《みやび》なものを愛《め》でる性質があり、狐はそういった美術品を集めて売りさばいていると聞いたことがある。壺《つぼ》があれば割って遊ぶ天狗からすると、実に気《き》障《ざ》で鼻につく商売だ。

「具体的には二日ほど、この天狗に独力で試練に臨んでもらいたい。ぼくはそれ以上の長い間、誰にも頼らずやってきたんだからさ。たまには解放させてくれよ」

「さてはお前、最初から俺に丸投げするつもりだったな」

黒舞戒は呆《あき》れはてて、横から口を挟む。しかし露尾が「オッケーです」と了承すると、宮杵稲は「よっしゃあ！」と雄叫《おたけ》びをあげて踊りだす。

これほどはしゃぐ姿を見るのは、長いつきあいの中ではじめてのことだった。

「ちょっと待て。試練とやらは……そんなに過酷なものなのか？　俺としてはただちょっとお宝の見張りをするだけの仕事だと、考えていたのだが」

「来てくれたのが君で本当によかった。愛すべきもの、敬《うやま》うべきもの、慈しむべきものであったなら、ぼくは差し伸べられた手をつかむことをためらっていたかもしれない」

宮杵稲は相変わらず柔らかな笑みを浮かべているが、瞳だけは死んだ魚のように光がなかった。能面のごとく不気味な表情に、黒舞戒は本能的に身構える。

「——だけど憎むべきものなら、遠慮なく地獄に引きずりこむことができる」

狐は心から祝福するような、優しい声で囁《ささや》きかける。

そして不穏な空気だけを残し、煙のようにすうっとかき消えてしまった。

◇

ほどなくして露尾も去っていき、黒舞戒だけが静寂に包まれた屋敷に取り残された。
天狗は背中の翼を仕舞ったあと、いったん落ちつこうとソファに腰をおろす。今までは
じっくりと眺める余裕がなかったものの、やはり呆れるほどにきらびやかな空間だ。見る
からに価値が高そうなアンティーク家具や骨董《こっとう》品、モダンアートのたぐいが嫌味たらしく
並んでいて、迎賓館のような有様である。
しかし視線を床に移すと、乱雑に脱ぎ捨てられたシャツや下着が散らばっていた。几《き》
帳面《ちょうめん》な狐が片づけすらできぬとは、お宝の管理とやらはよほど忙しい仕事なのだろうか。
台所も同様に荒れ果てており、マイセンの皿や牛乳の紙パック、妙な突起のついた瓶《びん》が
流し台に転がっていた。天狗はその形状に懐《なつ》かしいような後ろめたいような感情を抱き、
はてと首をかしげる。

ひよこクラブやらベビモやらと書かれた雑誌の山を蹴倒《けたお》しながら、屋敷の中を見てまわる。廊下の隅には掃除機やモップがごちゃっと並べてあるし、風呂場にはバスタオルが束《たば》でどんと置かれている。あの男は美術品だけでなく人形を愛でる趣味もあるのか、やけに小さな衣服が洗濯物かごの中に入れてあった。

黒舞戒はやがて、廊下の突き当たりにある部屋にたどりつく。

扉の前には表札がさげられており、

『実華の部屋』

とだけ、記されていた。

宮杵稲のほかにも誰か住んでいるのだろうか。

表札は黄色い花柄《はながら》で、こんなものを扉に飾るとは相当に浮ついたやつである。

「我こそは黒舞戒なり。誰かいるのか」

外から声をかけてみるが、返事はない。

扉を開けてみると、まず甘ったるい乳のような匂いが鼻についた。

ほかの部屋と同様に白い壁紙の、広々とした一室。ただ調度品のたぐいは洒脱《しゃだつ》な北欧家具ではなく、むしろ安っぽいプラスチック製のものばかりである。パステルピンクの棚にところ狭しと並べられているのは可愛《かわい》らしい動物や奇怪なパン人間のぬいぐるみ、あとは室内の中央に巨大な虫かごがあるだけで、やはり部屋の主は留守らしい。

いや、かすかに寝息が聞こえる。

あらためて見てみれば虫かごのようなものは柵《さく》つきの寝床であり、そこから薄手の毛布にくるまったなにかが、ちょこんと顔を出していた。

さては桃のあやかしか。違う、こやつは――。

「人間の、赤子……？」

黒舞戒はぽかんと、寝顔を眺めてしまう。

屋敷の荒れはてた状況から邪悪な存在でも待ち受けているのではないかと想像していたのに、蓋《ふた》を開けてみれば猿のがきんちょが寝ころんでいるだけ。

天狗は脱力し、柔らかそうな頬をちょんちょんとつついてみる。

赤子のまぶたが開き、どんぐりのような瞳と目が合った。

「む、起こしてしまったか」

お互い息を止めたまま、無表情で見つめあう。

……なんとなく気まずい。

そう感じた直後、赤子がぎゃーぎゃーと泣きはじめる。

黒舞戒はたまらず、耳をふさいだ。

狸《たぬき》や猪《いのしし》であっても赤子は可愛らしいものだが、人間はそのかぎりではないらしい。桃色の肌に短い手足、丸っこい顔は梅干しのようにぎゅっとゆがんでいて、なんとも不気味でぶさいくに見える。

「ぎゃんぎゃん騒いでいると食ってしまうからな。どうだ、恐ろしいだろう?」

試しに漆黒の翼を広げてすごんでみせるも、完全に逆効果。赤子はよりいっそうやかましく泣きはじめる。豆粒のような身体のどこにこれほどの力が秘められているのか。なにが気にいらないのかたずねようにも、言葉がつうじないのだからどうしようもない。

孤高の存在である黒舞戒にとって、赤子のような生きものは未知の存在だ。どう黙らせればいいのかさっぱりわからず、右往左往してしまう。暴れる龍を組み伏せたときのほうが、よっぽど簡単だったように思えてくる。

天狗は泣きじゃくる赤子を抱《かか》えたまま、しばし途方に暮れてしまった。

◇

「べーべろべろばー! こわくないでちゅよ、おいたんこわくないでちゅよー!」

かれこれ五分ほど。恥を捨ててあやしても、赤子は一向に泣きやまない。

こればっかりは力があっても意味がない。というより強すぎるから余計に危ない。

なにごとにも向き不向きはあるが、天狗が赤子の世話をするほど無茶なことはない。こんなことは小器用な狐のやつにでも、やらせておけばよいのだ。

内心でそう毒づいたあと、はたと気づく。

屋敷に放置された人間の赤子。デリケートなお宝という九里頭の説明。

やっていたのだ。宮杵稲も。

あの男が長きにわたり子守を続け、憔悴《しょうすい》して音《ね》をあげたとすれば合点はいく。

「なるほど。つまりこれが、俺に課せられた試練というわけだな……」

憎たらしい狐が人間のがきんちょに負けたと思うと愉快だが、今や己も同じ窮地に立たされた身。不断の覚悟でもって臨むと豪語したからには投げだすわけにはいかず、天狗の誇りにかけてこの難事を乗り越えねばならないらしい。

そう決意した直後、腕の中にいた赤子がやあやあと暴れだす。ずり落ちそうになったのでよいしょっと抱え直すと、ぐにゃりと嫌な感触がした。

黒舞戒はこわごわと、紙おむつに包まれた赤子の尻《しり》を見る。

「まさかお前……。粗相をしておるのか？」

思わずきょろきょろと、部屋を見まわしてしまう。

しかし、誰もいない。露尾も、宮杵稲も。真っ白な壁紙と表情のないぬいぐるみたちだけが、ぶざまにうろたえる黒舞戒の姿をじっと見つめている。

この世に慈悲はない。

雨漏りすら直せなかった天狗を、このような漏れと対峙《たいじ》させるとは。

◇

「忌々《いまいま》しい人間め……。必ずや根絶やしにしてみせようぞ……」

無防備な姿の赤子に向かって、黒舞戒は呪詛《じゅそ》の言葉を吐きつける。

しかし先に始末しなければならないのは、手に持った汚物のほうである。

赤子の股《また》ぐらから褌《ふんどし》のようなものを剝ぎとったもののどこに捨てればいいかわからず右往左往していると、廊下に備えつけられた収納棚で同じものの予備が入った袋を見つけた。これは紙おむつという名前で使ったらゴミとして捨ててよいらしい。よおしこれで解決だと小躍りしたあとで新しい紙おむつをつけてやろうとするが、複雑怪奇な作りをしているうえに赤子がやあやあと暴れるのでなかなかうまくいかない。

豪快に股をおっぴろげる赤子を見れば、意外なことに娘のようだった。そんな痴態を晒《さら》していては、嫁の貰《もら》い手《て》がなくなるだろうに……などとぶつくさと呟きながら紙おむつをつけ終えると、赤子はようやく泣きやんで寝息を立てはじめる。すでに精根尽きかけていたので、天狗は心の底から安堵《あんど》した。

粗相をしたままでいたのが不快だったから、泣きわめいていたのだろう。

黒舞戒がそう納得した数分後。

赤子は再びぎゃんぎゃんと泣きはじめた。

「ああんっ！」

思わず自分まで情けない声を出してしまう。

粗相はしていない。

ではなにが気にいらないのか。いくら考えても見当がつかない。

困り果てた天狗の脳裏に再び、かつて衣雷にかけられた言葉がよぎった。

——どんなに強くたって、ひとりぼっちじゃ生きていけないんすよ。

「違うっ！　これしきの試練、俺の手にかかれば……！」

黒舞戒は頭をかきむしり、心の奥底から溢れてきた感情を振り払おうとする。

天狗に父や母はいない。

生まれたときからひとりきり。親と呼べるものは根本の山くらい。

それでも生きていくうえで不自由した覚えはなかったし、ひとたび剛腕を振るえば山の動物やあやかしたちをたやすく従わせることができた。やがて人間たちに忘れ去られ、近しいあやかしや丁稚に愛想をつかされたあとも、とくに困ることはないと気楽に構え、生き方を変えようとはしなかった。

自分はなんでもやれると思っていた。やれると信じていた。

なのに現実はこのざまだ。

「……ああ、だからこいつも泣いているのだな」

黒舞戒は生まれてはじめて敗北を味わった。心細さや無力感というものを理解した。己の中に弱さがあることを、六百年の歳月を経《へ》てようやく知ったのだ。

泣きじゃくる赤子を眺めて——まるで今の自分のようだと、感じてしまったがために。考えてみれば哀《あわ》れながきんちょである。捨てられたかさらわれたかわからないが、優しい親の姿はなく、得体の知れぬ天狗に抱きかかえられているのだから。

きっと、寂しさや不安があるのだろう。

だとすれば、それをなんとかしてやるのが強者の務めではないか。

「仕方あるまい。やれるかどうかはわからぬが、親のふりくらいはしてやるぞ」

泣きじゃくる赤子に向かって、黒舞戒は語りかける。

気づかぬうちに、優しい声になっていた。

◇

しかし赤子とは昼夜問わずひっきりなしに泣きわめき、わずかでも目を離せば寝床から転げ落ちそうになり、手当たり次第に物を口にふくんで窒息しそうになる厄介な生きものである。

黒舞戒はこのあと紙おむつの備蓄を切らし、泣きわめく赤子を抱えたままスーパーまで買いに走ることになる。

やはりこの世に慈悲はない。

二日経ってようやく狐が戻ってきたとき、天狗はすっかり憔悴しきっていた。

第二話

天狗、喧嘩する

1

「舌がとろけそうになるほどうまいな。このロールケーキとやら」

「ぼくと露尾も楽しみにしているのだから残しておいてくれよ」

釘を刺されたところですでに遅く、黒舞戒は一ロールをぺろりとたいらげていた。

屋敷に戻ってきた宮杵稲が、呆れた顔を向けてくる。外出ついでに気晴らしでもしてきたのか肌の血色がよく、ソファにゆったりと腰かけて赤子をあやしつけている姿は、聖母マリアのごとき神々しさすら漂わせている。普段なら蹴《け》りを入れてやるところだが、土産を買ってきてくれたので我慢してやろう。

お目つけ役の河童はそんなふたりの様子を面白そうに眺めたあと、

「天狗の兄さんと狐の兄さんは息がぴったりだし、これなら安心して実華ちゃんを預けられますよ」

「どこを見て言っているのだ露尾。息ぴったりどころか今に息の根をとめてやるぞ」

「君のくさい息をかい？　ほら、赤ちゃんもいやいやってしている」

「まあまあ。とりあえずオレは帰りますけど、くれぐれも喧嘩は控《ひか》えてくださいね。情操教育的によくないですし、これから一年間、この子をいっしょに育てていくんですから」

「ふん、喧嘩にもならんわ。反撃される間もなくぶちのめすからな」

黒舞戒が拳《こぶし》を突きだしてみせると、宮杵稲はぎょっとしたような顔をする。

ははは、天狗の力に恐れをなしたか。雑魚め。

そう思ったあとでふと違和感を抱き、

「……一年だと？」

「待ってよ露尾。そんなに長いの」

「九里頭サマから達せられた試練ですし。できなければ群馬から追放だとか」

黒舞戒は思わず、宮杵稲と顔を見合わせた。

死相が出ておるな、こいつ。

◇

露尾がそそくさと帰ったあと。リビングは沈黙に支配された。

最新式のＬＥＤライトが、白々《しらじら》しいほどの明るさで室内を照らしている。シャンデリアを模《も》しており値の張る逸品《いっぴん》なのだが、今はその華やかなデザインが場違いになっていた。

かたや異国風の精悍な顔つき、かたや天女のごとき美貌《びぼう》。そんなふたりが赤子を挟んでソファに隣り合って座る姿は映画のワンシーンのように見えるものの、周囲に漂うピリピりとした空気を感じたなら、共演NGの間柄《あいだがら》であることはすぐに察せられるだろう。

しかし、一年である。

春が過ぎて夏になり、秋へと移り変わり、寒い冬を越えてまた春が来るまでの、長い長い時間――そんな逃れられない現実の重みを想像してか、宮杵稲が深々とため息を吐く。ただそのあとで気を取り直したのか、無理やりに明るい声を出してこう言った。

「今の仕事をはじめる前に、九里頭どのには世話になったからね。今後のことを考えても、あの御方に気に入られていたほうがやりやすい。ぼくとしてはこの試練をやりとげるつもりだし、そのためなら愚鈍な天狗を屋敷に居候させることも我慢しよう」

「まったく……土下座までしようとしていたくせに、元気になった途端これか。手が足りないと泣きついたのはお前のほうだろうに、手のひらを返すように偉ぶりおって」

「君のほうこそ勘違いしてもらっちゃ困るな。今のうちにハッキリさせておくけど、この屋敷の主がぼくである以上、こちらのほうが圧倒的に立場は上なんだよ。丁稚は丁稚らしく、はいはいと素直に言うことだけを聞いていればいいのさ」

「俺としてはここから出ていこうが群馬から追放されようが痛くもかゆくもないのだがな。そのあとでお前はまた、違うやつをよこせと九里頭どのに泣きつくか」

黒舞戒がにやにやと笑いながらそう告げると、宮杵稲はあからさまにむっとしたような顔をする。恩義ある相手から紹介してもらった手前、そう簡単にクビを切れるものではない。一方の天狗も強がってみせてはいるが当然そうなったら困るわけで、結局はお互い譲歩する以外に選択肢はないのである。

「わかった。ぼくが外に出ているときだけ、君に赤ちゃんの子守をお願いする。それ以外のときは自分で面倒を見るから、家事のほうをやってくれないか」

「丁稚のような仕事をさせられるのは釈然としないが……致し方あるまい」

「それともうひとつ。こうして話をするのもうんざりだし、お互いに存在しないものとして扱うのはどうだい。そのほうが君にとっても過ごしやすいだろう？」

「見えない境界線を引いて、空気かなにかのように無視しあうわけか。確かにそれなら、お前とひとつ屋根の下で暮らすことにもなんとか耐えられそうだ」

「話はまとまったね。じゃあ今日のところはぼくが赤ちゃんの面倒を見るから、君は休んでいていいよ。優しいご主人さまに拾われてよかったな、ニート天狗」

ニートの意味こそわからなかったものの、侮辱されたことは伝わったのでふんと鼻を鳴らす。こんな生活を一年も続けると思うと気が重かったが、黒舞戒はひとまずその場を離れることにした。今は子守で憔悴しきっていて、先のことを憂《うれ》える余裕さえない。

嫌なことがあったらふて寝しろ。六百年の歳月で習得した処世術を使うときである。

そんなわけで翌日。天狗がさっそく家事をはじめると、

「あのさあ、哺乳瓶《ほにゅう》はしっかり洗いなよ。赤ちゃんが病気になったらどうするのさ」

「横からうるさいやつだな。これしきのことで死んだりせんわ」

文句を言うだけ言って去ったかと思えば、洗い物がいち段落したときに、

「風呂を早く洗ってくれないかな。ぼくをいつまで待たせるつもりだ」

「ちょいと休んだら取りかかろうと思っていたのに、お前がやれやれと言うからやる気が失《う》せた。そんなに入りたいなら自分で洗えばよかろう」

「それは反則だろ。家事は君の担当じゃないか」

「ていうか空気のように扱うのではなかったか。自分で言いだしといて支離滅裂だぞ」

「君の手際が悪すぎて見ているとイライラするんだよ。家事へたくそすぎだろ」

「俺だってがんばっているのだ！　苦手なのわかっていてやっているのだ！　なのに横からぐちぐち言われたら余計うまくできなくなるだろ！」

「いきなり大きな声を出さないでくれ。赤ちゃんが怖がるだろ」

実華は泣きだすどころか、エプロン姿でこき使われている姿を見てだあだあとはしゃぎだす始末。おかげで黒舞戒の機嫌は、ますます悪くなっていった。

◇

「兄さんたちがじゃれあっているように見えるんじゃないですか？　実華ちゃん的には」

「気色の悪いことを言うな、河童め」

翌日。

ひととおりの家事を終えたあと、黒舞戒は露尾を呼びだしてランチを取っていた。

場所は高崎駅近くの、ロイヤルホスト。

プラダのスーツを着崩した赤髪の伊達《だて》男、といった風体は中年サラリーマンばかりの店内でかなり目立っていたが、当の天狗は周囲の視線にまったく頓着《とんちゃく》せず、こんがりと焼けたチキンソテーを口いっぱいにほおばっている。

向かいに座る河童の若者はナイキのキャップにパーカー、ユニクロのジョガーパンツという格好で、こちらは平凡な顔立ちと相まって俗世にうまく溶けこんでいる。もっとも露尾としてはきらびやかな容貌に憧《あこが》れもあるようだが、飾り身の美しさは魂の力に左右されるため、黒舞戒や宮杵稲のようになりたいのならば精進するほかない。

それはさておき。黒舞戒は添えもののパセリまでぺろりとたいらげたあと、

「で、どうなのだ実際」

「ほかの仕事を紹介してくれという要望は、まあ無理っすね。狐の兄さん以外のところに居候させてくれ、というのも通らないかと。九里頭サマはそのへん厳しいですから」

天狗は飲み終えたばかりのコーラをズルズルと啜《すす》り、不満の意思を示す。

するとと露尾は困ったような笑みを見せたあと、

「実華ちゃんがどんな人間の子で、どういった経緯で今ああなっているのかオレは知りません。でもあやかしである九里頭サマが預かっているからには、やんごとなき事情があるはずなんです。なら、わざわざ兄さんたちに世話をさせようというのにも、あの御方なりの深いお考えがあるんじゃないですかね？」

「天狗と狐に人間の赤子を育てさせるなど、酔狂なことこのうえないが」

「九里頭サマは常々こうおっしゃっています。憎むべき相手だからこそ、もっとよく知るべきだと。それってたぶん、お互いにきちんと向きあっていけば、いがみあう以外の道だって見つけられるってことを伝えたいんだと思うんすよ。あの御方はあやかしでありながら、人間の社会でうまくやれているわけですから」

「どうだろうな。俺としては、ただ人間どもの食いものにされているだけって気もするが。やつらに住処を奪われたあやかしだって、群馬にはたくさんいるんだぞ」

「オレの故郷だってそうですよ。まだガキだったんでよく覚えてないすけど」

なにげなく放たれた河童の言葉に、天狗は仰天する。

「……なのにうまくやれると思うのか？　人間と」

「だって面白いじゃないですか。あいつらが作るもの」

露尾が屈託のない表情で携帯端末を掲げてみせる。これが今どきのあやかしの感覚だ。

憎しみも憂いもなく、人間の社会に溶けこんで生きることを平然と受け入れている世代。

「まあオレは若いからピンと来てないってのはありますし、逆に長いこと生きているあやかしからしたらそう簡単には受け入れられませんよね。でもだからこそ、兄さんたちが実華ちゃんを育てることに意味がある。あやかしと人間が共存していく社会を模索するうえで——っていうのがオレの見解なんです。合っているかどうかまではわかんないすけど」

なにか返すべきだと思った。しかし自分がたいした考えを持っていないことに気づいて顔をしかめる。今しがた語られた見解が正しいかはさておき、根本の山に引きこもっていた黒舞戒よりは、露尾のほうがよっぽど今の世を見ていることは間違いなさそうだ。

しかしプライドの高い天狗はそんな内心をおくびにも出さず、無言のままドリンクバーで珈琲《コーヒー》を淹《い》れて戻ってくる。すると露尾は意味深な笑みを浮かべて待っていて、こそこそとこんな話を打ちあけた。

「九里頭サマが今回のような試練を課せられるのは、オレたち家来に対してもなかったことでして。宮杵稲サマは前から気に入られていたからまだわかるんですけど、黒舞戒サマはついこの間ふらっとやってきただけですよね。なのにいきなりの好待遇。こりゃただごとじゃないってんで、代替わりの話もいよいよ出てくるのでは……ってのがもっぱらの噂なんですよ」

「ふむ。お前もやはりそう思うか、露尾よ」

黒舞戒がそう言うと、河童の若者は人懐《ひとなつ》っこい笑みの中に胡乱《うろん》な色を漂わせる。ゆくゆくは上州あやかしの長になるであろう相手に、今のうちに取り入っておこうという腹づもりなのだろうか。のほほんとしているようでいて、なかなか抜け目のない男である。

ともあれ、九里頭が後継者を探しているという推測は信憑性《しんぴょう》を帯びてきた。

「教えてくれて感謝するぞ。おかげでやってやるかという気分にもなってきた」

「そりゃよかったです。オレも兄さんたちには期待してるんで」

天狗はにこやかな顔で露尾の肩をぽんと叩いたあと、意気揚々とその場を去っていく。

しかし内心、飯代を払わずに抜けだせてほっとしていた。

◇

屋敷に戻るとリビングがきれいになっていた。

どうやら出かけている間に、狐が掃除をしたらしい。

オサキは人間にまぎれこんで悪さをするあやかしなので、家事の心得がある。そのうえ宮杵稲は潔癖性のきらいがあるため、時間の余裕さえあれば勝手にやってくれるのだろう。フローリングの床はピカピカ、北欧風の家具や骨董品、壁にかけられた絵画の額縁にいたるまで埃《ほこり》ひとつない。最初に来たときから豪奢な空間だと感じていたが、本来の姿を取り戻したリビングはもはや現実のものとは思えないほどきらきらと輝いて見える。

若干の呆れこそあるものの、天狗としても住環境がいいに越したことはない。これで性根がねじ曲がっていなければ……と、狐の働きぶりに感心しながらも歯がゆく思った。

「おーい、戻ってきたぞ。土産はとくにないが」

返事はない。いないものとして扱う協定は継続中というわけか。しかし奥の部屋をのぞくと、狐は真剣な顔で赤子の紙おむつを替えていた。

あれだけ馬鹿《ばか》にしていたくせに、宮杵稲のほうもかなり手際が悪い。不思議に思い首をかしげたあとで、すぐに理由を察した。

実にくだらない。潔癖性のこいつは汚れた紙おむつを触るのがいやなのだ。

「まったく……。下の世話くらい早く自分でやれるようになりなよ……」

麗しい顔立ちをしているだけに、おむつ替えに苦戦している様はなおさら滑稽に見えてしまう。銀色の耳と尻尾《しっぽ》をへなへなと垂らしていて、ほとんど弱りきった小動物である。

我慢できなくなった天狗は、狐の肩を乱暴につかむ。

「そこをどけ阿呆《あほう》」

「ちょっ！　なんだ君、帰ってきていたのか！」

「お前の手際が悪すぎてイライラするのでな。家事へたくそかよ」

宮杵稲は「はあ!?」と怒りをあらわにする。しかし悪臭まみれの紙おむつを投げつける真似《まね》をしてみせると、ぎゃっと悲鳴をあげて身を引いた。

思いもよらないところで仇敵の弱点を見つけた黒舞戒はひとしきり笑い声をあげたあと、汚物をトイレに流して新しい紙おむつに替える。

抱きかかえていた赤子をそっと返してやり、

「いないものとして扱うのはやめにして、普通に協力しないか？　せっかく同じ屋敷で暮らしておるのだから、お互いやりやすいように動いたほうが手っ取り早いだろうに」

「どうしたの急に。馴《な》れ馴《な》れしくされると気色悪いんだけど」

相変わらず底意地の悪いことを言う宮杵稲に、黒舞戒は悪態《あくたい》を返しそうになってしまう。とはいえつい先ほど思慮深い若者の言葉に感銘を受けたあとであるから、六百年もの長きにわたり争ってきた仇敵であれど、すこしくらいは歩み寄る努力をするべきだろう。

狐もやがて観念したかのように、

「……いずれにせよ、お互い無視しきれていないわけだしね。じゃあぼくが料理と洗い物をやるから、紙おむつの交換とトイレの掃除は君がやってくれないか」

「苦手なことは相手に任せるわけだな。よかろう、では哺乳瓶をよこせ」

「乳を飲ませるのはぼくがやるよ」

「いや、あれは俺がやる。赤子がバブバブしてきて面白いのだ」

そう言ったあとで、お互い示しあわせたようなタイミングで顔を見あわせる。

しばしの間があって、どちらともなく腹を抱えて笑いだした。

◇

黒舞戒の提案によって、赤子の世話は以前よりスムーズに進むようになった。

蛇蝎《だかつ》のごとく嫌いあう仇敵同士が同じ屋根のしたで暮らしておきながら、お互いにいないものとして扱うというのがそもそも無茶な話。いっそ苦手なことを相手に丸投げし、己の肉体的精神的苦痛を減らしたほうが、よほど合理的である。

とはいえ、この協力態勢は限定的なもの。

今は育児休暇中だが、宮杵稲はまた外での仕事をはじめる。そうなると日中は黒舞戒が、赤子の世話と家事をこなさなければならない。

丸投げされてたまるかと、天狗は文句を言った。

それに対して狐は、二本の指でお金のジェスチャーをしてみせた。

「だったら君が外で働いてくるかい？　赤ちゃんの紙おむつだってぼくらの食事だってタダじゃないんだぞ」

「別に仕事をせずとも、賽銭《さいせん》をくすねてくればよいではないか。天狗はさておき稲荷《いなり》を祀《まつ》っておる神社なら、探せばいくらでもあるからの」

宮杵稲は長い髪をかきあげ、相手を見くだすためだけにあごをくいっとあげてみせる。

その嫌味ったらしい態度は、ドラマに出てくる悪い教師のようである。

「君は本当に馬鹿だな。賽銭とは祀られる対象のためにあるのではなく、神社を運営する資金にあてられるもの。そうでなくともオサキと稲荷は別のあやかし、ただでさえ折り合いが悪いっていうのに、賽銭なんて拝借できるわけないじゃないか」

「はて。おぬしは稲荷どもと懇意にしていたような気もするが」

「いつの話だよいつの！　とにかく……生活費は渡すから、ぼくがいない間はなんとか両立してくれよ。なんなら余ったぶんで君の欲しいものを買ってもいい」

「ふむ。そこまで言うなら勘弁してやってもいいぞ」

「だからなんで上から目線なんだよ。居候の分際で」

しかしもうひとつ、おおきな問題があった。

天狗は料理がまったくできないのである。

「今まではどうしていたのさ。野菜をナマのままかじっていたわけじゃないだろ？」

「それか残飯を漁《あさ》るか露尾に奢《おご》らせるかだな」

「覚えろ。ぼくが教えるから今すぐ覚えろ」

そんなわけで、手初めにキッチンで味噌汁《みそしる》の作り方を教わることになった。

「出汁《だし》を取るのを忘れるなよ？　塩と間違えて砂糖を入れるとかのベタな失敗をするんじゃないよ？　ちゃんとできまちゅか、お味噌汁作れまちゅか？」

「俺に赤ちゃん言葉を使うな！　うっとうしいやつめ！」

「ははは。君をおちょくるときほど楽しいことはない」

横から煽《あお》ってくる宮杵稲がうっとうしいうえに、そもそも出汁を取る以前にＩＨコンロを使うところからしておぼつかない。それでも疲労困憊《ひろうこんぱい》しつつ味噌汁を完成させると、

「ぼくとしてはもう少し味つけが濃いほうが好みだな」

「お前に言われたとおりに作ったんだぞ⁉　文句があるなら霞《かすみ》でも食っておれ！」

「まったく、君には向上心というものがないのかい。九里頭どのに会ったなら、パリモダンのチーズキーマを食べたことはあるだろう？　人間はさらなる高みを目指し、今このときにも精進を重ねている。つまり料理ができないあやかしなんて、人間以下のゴミムシ同然というわけさ」

宮杵稲は唐突に腕をまくり、冷蔵庫の中を漁りはじめた。そして本場のシェフさながらの洗練された手つきで、一品の料理を完成させる。

春キャベツとピーマンにアンチョビをまじえて炒《いた》めたもの――食材の残りを活用した、アラカルトである。

「なんだ、ただの野菜炒めではないか」

と言いつつ口に運んだ天狗は、直後、驚きのあまり目をむいた。春キャベツの柔らかな食感と甘味、そしてピーマンの苦味に、アンチョビの塩気が絶妙に絡みあい、オリーブオ

イルの香ばしい風味が鼻の奥から抜けていく。

シンプルな料理だからこそ、料理人の力量が如実に現れる。

認めたくはない。認めたくはないが――。

「美味《うま》い！　まさに極上の一品と言ったところだな！　こんだけ料理の腕が達者なら、いっそお前が毎日俺のために味噌汁を作ったほうがよいのではないか？」

「誰かに聞かれたら妙な勘違いをされそうな台詞《セリフ》を吐くな。……ぼくは仕事から帰ってきたあとで料理なんてしたくないし、それ以前に君はこのまま負けっぱなしのゴミムシで我慢できるのかよ」

「そう言われると癪《しゃく》に障《さわ》るな。ならばお前をさくっと乗り越えてやろう」

メラメラと闘志を燃やした黒舞戒は、持ち前の反骨精神で目玉焼きや煮びたしといった料理を次々に習得していく。要するに宮杵稲にうまく乗せられただけなのだが、なにせ六百年ものつきあいを経ているため、こういったやり取りは今にはじまったことではない。

ゆえに料理のレッスンが終わったあとも、

「じゃあ頼むよ。でも本当に君だけで、大丈夫なのか？」

「問題ない。必ずや成し遂げてみせようぞ――おつかいを！」

目指すはこの地でもとくに人間たちが密集し、かつ入り組んだ作りとなっている高崎駅。その内部にあるという、モントレーなる魔窟《まくつ》である。

食材、日用品、赤子の衣服や各種便利グッズ。買い求めるべき品は多岐におよび、そのうえあやかしだと看破されずに会計しなければならない。かつての黒舞戒であれば途方に暮れ挙動不審になり店員に呼び止められていたやもしれないが、泣きじゃくる赤子を抱え深夜のスーパーで紙おむつを買い求めたときに比べれば、まだ心の余裕があるというもの。

……といった大仰な決意をもって店内に足を踏みいれた天狗は、これといったトラブルもなく買い物をすませ、カフェで季節限定の桜味フラペチーノを飲んだあと、余裕の笑みを浮かべたまま屋敷に帰還した。

「はじめてのおつかい、恐れるに足らず」

「得意げな顔をされても反応に困るのだけどね。でも確かに早いは早かったな」

「天狗の翼があれば駅までひとっ飛びであるし、短時間であれば人目につかぬ妖術《ようじゅつ》の心得もある。そのうえ豪腕を以《もっ》てすれば、手荷物が重かろうがなんのその。お前や赤子を連れまわすのでなければ、かような難事であろうと造作もない」

「だからおつかいごときで勝ち誇られても困るのだけどね。ていうか君、頼んでおいた品の半分くらいしか買えていないじゃないか。メモを渡しておいたのにこれかよ」

狐は例によってぶつぶつと文句を言っていたものの「まあ合格ってことにしておこうか」と、一応の納得はしたようだった。

かくして屋敷の留守を任せられた黒舞戒は、日中はひとりで赤子の子守をしながら掃除をしたり料理をしたりおつかいに行ったりと忙《せわ》しない日々を送り、宮杵稲が帰ってきたときには温かい風呂と夕食を用意できるほどの仕事ぶりを見せるようになっていった。

◇

しかし、である。

すべては薄氷の上を渡るがごとく、危うい均衡によって成り立っていた安寧《あんねい》にすぎない。山育ちの天狗が仇敵たる狐のあやかしと、人間の赤子の世話をしながら暮らす——そのような無理難題を課せられて、そう簡単にうまくいくはずがないのであった。

ゆえに破局は突然にやってくる。

何事も、慣れてきたころが一番危ないという教訓とともに。

◇

「さあ舞え、実華よ！　おぬしは今より蝶《ちょう》となるのだ！」

「きゃっきゃやっ」

妖力《ようりょく》をこめて宙に浮かせたあとでべろべろばーとおどけてみせる。すると、ぐずりそうになっていた赤子の表情もみるみるうちにご機嫌になっていく。これぞ天狗のアヤカシ術ならぬ、あやし術である。

子守をはじめて二週間ほど経ったころ。ようやく子守に慣れてきた黒舞戒は、赤子を格好のオモチャにして遊ぶようになっていた。

実華のほうもだいぶ懐いてきたのか、夏の蟬《せみ》のごとく泣きじゃくることは少なくなっている。ただそのぶん遠慮がなくなり、髪を引っ張ってきたり腹を蹴ってきたりとやりたい放題。元気すぎるというのも、それはそれで困りものである。

そんなある日、宮杵稲がいつもより早い時間に仕事から帰ってきた。人間社会では新鋭の青年実業家として名を馳《は》せているこの狐は銀色の獣耳を仕舞い、白い着流しではなく紺地の涼しげなサマースーツに身を包んでいる。外行きのかっちりとした姿は普段のあやかし然とした色気ではなく、西欧の貴公子のごとき凜《りん》とした雰囲気を漂わせている。

狐は背抜きのテーラードジャケットを脱ぎ、リビングの隅にある椅子に腰かけようとする。ところが途中で眉《まゆ》をひそめ、天狗に向けてこう言った。

「背もたれに使ったタオルを引っかけるのはやめてくれないか」

「たかが椅子だろうに。細かいことをぐちぐち抜かすな」

「これは復刻じゃなくてオリジナルの、それなりに希少価値の高いものなんだよ。君にヤコブセンのよさがわかるとは思えないけど、エイトチェアの曲線美を汚さないでくれ」

宮杵稲はいかにも収集家らしい講釈を垂れたあと、赤子の尻を拭《ふ》いたタオルを妖術で飛ばしてくる。さすがに腹が立ってきた黒舞戒はソファでふんぞり返りながら、

「相変わらずの殿様気取りか。稲荷の連中が愛想をつかすのも無理はないな」

と、負けじと呟く。

狐の余裕たっぷりの笑みがかすかにひくついたのを見てとると、

「ふふふ、図星か。調子に乗りすぎて追いだされるとは、哀れなやつよのう」

「勘違いするんじゃない。自分から出ていっただけだ」

よくもまあ、そのような見え透いた負け惜しみを。そんなふうに考えて天狗がほくそ笑む中、狐のほうも相手を見下ろしながらすかさず反撃に転じてくる。

「そういう君はどうなのさ。なんでまた、人里に降りてきたんだよ」

「うっ……それは」

丁稚に逃げられたあげく社を粉砕した、とは言えない。

懇意にしていた仲間と袂《たもと》を分かつよりもよっぽど無様《ぶざま》である。

お互いにしばしにらみあったあと。黒舞戒は話題を変えることにして、

「こちとら家事と子守に挟まれて、あくせくと働いている最中なのだ。それなのにお前はねぎらいの言葉をかけるどころか、小姑《こじゅうと》のごとく不満をぶつけてくる始末。たとえ相手

が俺でなかろうとも、そのような態度を取られて腹を立てぬと思うか？」

かつて衣雷にやらかしたあれこれを棚にあげまくった言葉だったが、だからこそ相手の心に刺さったのかもしれない。仏頂面を浮かべていた狐は急にしおらしくなって、弁明するかのようにこう言った。

「確かに……ちょっと感じが悪かったかもね」

「わかればよろしい。では夕食の準備を、と言いたいところだが、あいにく食材が切れているのでな。今から買いに行ってくるゆえ、おとなしく家で待っているがよい」

きゃっきゃと笑っている実華を抱えて、黒舞戒は外出しようとする。

宮杵稲は背後からそれを呼びとめ、とがめるように言った。

「実華も連れていくのかい。赤ちゃんは君と違ってデリケートなんだから――」

「お前が知らんだけで、最近はちょくちょく連れていっとるわい。赤子だからと家から出さずにいたら、青白いもやしに育ってしまうぞ」

「言われてみれば、それもそうか。でも君だけじゃ心配だし、ぼくもつきあうよ」

普段は面倒くさがって頼むだけのくせに、いったいどういう風の吹きまわしなのだろうか。とはいえ黒舞戒としても別に断る道理はなかったので、珍しく仇敵と揃っておつかいに出かけることにする。

忌々しい人間のナワバリではあるものの、黒舞戒は高崎の街並がそう嫌いではない。

色彩豊かな看板。くたびれたビルなる建物、道を忙しく行きかう自転車や、自動車なる乗り物——山の中ではほとんど見ることのない珍妙な景色であるがために、出向くたびに新たな発見がある。

◇

根本の社にいたころは春の陽気につられて人里へ降りることがあったが、そういうときは不審者に間違われ職務質問されていた。しかし赤子を連れているとそのような屈辱を味わうことはなく、どころか時折、通行人たちがにこやかに声をかけてくることがある。

こんにちは。可愛いですね。何歳ですか?

天狗としては戸惑うばかりだったし、不思議な気分でもあった。厚顔無恥で知られるおばさんたちも姦《かしま》しい女子高生たちも、ひとたび実華を見ればくしゃっと顔をほころばせ、親しげに語りかけてくる。

中には、ところ構わず泣きじゃくり暴れまわる赤子を疎《うと》ましく感じる者もいるだろう。しかし大多数の人間にとっては慈しむべき対象なのだ。赤子にとっての世界とはなんと優しいことだろう。

「お前はいいな、実華よ。天狗にとっての世界はかくも窮屈だというのに」

「だーう？」

ぽつりと呟くと、赤子がきょとんとしたような顔を向けてくる。

黒舞戒の代わりに乳母車を押している宮杵稲は一瞥《いちべつ》したあと、

「まったく……君というやつは。そんなに赤ちゃんが羨《うらや》ましいでちゅか？」

「だからそれやめろ。顔面を殴りつけたくなる」

「きゃっきゃ！」

実華もはしゃいでおるし、二対一でおちょくられているような気分である。

そこでふとあることに気づき、黒舞戒は首をかしげた。宮杵稲がいると、赤子の表情がずっと柔らかい気がするのだ。以前より懐いてきたとはいえ——自分に子守されているときよりも、屈託なく笑っているというか。

スーパーのレジ袋を抱えて隣を歩きつつ、それとなく頭に浮かんだ疑問を口にすると、狐は風になびく黒髪をかきあげながら、得意げにこう答えた。

「つきあいの長さの違いも当然あるだろうけどね。君の場合、仕方なく子守をしてやっている、というのが見透かされているんじゃないかな。赤ちゃんってけっこう賢《さか》しいから、愛情のないやつに心を許したりしないよ」

「ふむ。そう言われると、反論の余地がないな」

確かに面倒こそ見ているとはいえ、黒舞戒としては狸や猪と接しているのとそう変わらぬ感覚である。ちょっかいをかけると面白いというのもあるが、あくまで試練だからやっているにすぎない。

宮杵稲は仕事で疲れてしなびた瓜《うり》のようになっていても赤子のそばに寄って寝顔を眺めたり子守歌を口ずさんでいたりするし、休みの日ともなれば率先して面倒を見ている。好きこのんで、という言葉がぴったりの、構いっぷりである。

自分に足りないのは、愛情だろうか。

赤子の世話は九里頭より課せられた試練である。実華がより懐いているほうを新たな後継者に、という話になる可能性は高い。

もしそうなのだとしたら今のところこちらが不利……いや、だとしても孤高の存在である天狗が、愛情なんてうすら寒いものをひねりだせるわけがないだろうに。

黒舞戒がしばし思考の袋小路《ふくろこうじ》をさまよっていると、いつのまにか見覚えのない景色の中を歩いていることに気づく。道を間違えたのかと乳母車を押す宮杵稲に眉をひそめると、六百年来の仇敵は珍しく他意のない笑みを向けてくる。

「せっかくだから寄り道をしていこうと思ってさ。食材だってそんなに重くないだろうし別に構わないだろ？」

「赤子に外の世界を見せてやるのも、悪くはなかろう」

なりゆきのまま歩き続け、春の空がほんのりと紅色に染まりつつあるころ。黒舞戒たちは広々とした公園にたどりついた。

人里に降りてきたばかりのときに野宿していたところよりずっと立派。なんと敷地《しきち》に噴水まで備えている。名前もそのまんま、高崎公園。週末になると混雑するらしいのだが、平日の夕方とあってほどほどに閑散としていた。

「犬を連れている老人もいるな。お前も変化を解いて戯《たわむ》れてきたらどうだ？」

「そのときは真っ先に君の喉笛を噛みちぎってやるさ。クソ天狗」

天狗と狐なりに和気あいあいとしつつ、並んでベンチに腰かける。実華はここへ来るまでの間に船を漕《こ》ぎはじめ、今では乳母車の中でぐっすりと居眠りをこいている。

ふたりとも翼や耳を妖術で仕舞い、紺地のサマースーツと着崩したプラダという格好。可愛らしいこのオマケがいなければ、仕事帰りのサラリーマンのように見えたかもしれない。夕暮れが近いからか、ぽかぽかとした陽気が徐々に薄れゆく中、しばし揃って赤子を眺めたあと、黒舞戒はしみじみと呟いた。

「育児雑誌に書かれていた情報と比べるに、こいつはなかなか肝が据わっていると見えるな。世の中にはもっとぎゃんぎゃん泣きわめく赤子がいるかと思うと、ぞっとするが」

「それだけじゃない、この子はいずれ大層な美人になる。もしかしたら九尾様みたいに、幾多の男どもをたぶらかして回るような罪作りな娘になるかもよ」

黒舞戒は鼻で笑った。

弱っちい人間の赤子にしてはふてぶてしいところがあり、九里頭が宝として扱っているからにはなんらかの利用価値があるのやもしれぬ。しかしこと容姿についてはただの毛のない猿でしかなく、お世辞にも傾国の美女に成りえるとは思えない。玉藻御前や妲己《だっき》のごとしとはいわば宮杵稲にとって最大級の賛辞なのであろうし、これが世にいう親ばかというやつか。

「猪にせよ猿にせよ、育てていれば情も湧《わ》く。赤子であるからなおさら、可愛く見えるときもあるだろう。しかし結局は人間。成長すれば九尾様というよりはむしろ、妖怪《ようかい》に仇《あだ》をなす存在となるやもしれぬ。山や川を荒らし、露尾の故郷を奪うような」

公園を行きかう人々を眺める。犬を連れた老人もジョギングに精を出す若者も、黒舞戒たちと同じく赤子を連れて散歩している夫婦らしき男女も、今日も今日とて我が物顔で地上を闊歩《かっぽ》している。

人間どもが今の世を複雑怪奇にしなければ、あやかしたちはもうちょい気楽に暮らせていけただろうに……天狗としては家の庭に無断で柵を設けられたかのようで、腹立たしい気持ちもあった。

「昔はよかった。なぜ俺が、人間どもの都合で作られた社会に順応せねばならんのか」

狐がふっと笑ったので、また馬鹿にされるかと思った。

しかし仇敵の横顔は、遠くの空だけを見つめていた。

「ぼくも仕事をしているとき、たまに考えるよ。金のことで悩みもせず働きもせず、あやかしらしくひたすら騒いだり喧嘩したりして暮らせたらってね」

宮杵稲がそう返したすぐあとに、下校途中と思わしき小学生の群れがベンチの前を通りすぎていく。かれこれ五百ウン十年以上は前だろうか。気が遠くなるほど過去の話ではあるものの、ふたりにもがきんちょのころがあったのだ。もちろん、ランドセルなんてものは背負っていなかったとはいえ。

取り残された通勤者のように並んで座り、夕暮れに溶けていく小学生たちを眺め続ける。時報のメロディーが流れはじめると、ふたりの影はいっそう郷愁の中に伸びていった。

「根本の山にいたころは、君とあんなふうに遊んだこともあったなあ」

「お前が稲荷のもとへ身を寄せる前の話であるな。出会ったばかりのころは今よりずっと素直であったのに、狐ども同士でつるむようになってから性根がねじ曲がってしまった」

「そりゃ君が山の動物やあやかしを従えていたから、逆《さか》らえなかっただけだろうに。当時から内心では苦々しく思っていたさ」

「えっ」

宮杵稲が呆れたような顔をする。

傷ついたわけでは毛頭ないが、いささか心外だった。

「まさか、可愛がっているつもりだったとか言わないでおくれよ。ことあるごとにぼくを追いかけまわしてオモチャみたいにするから、ストレスで尻尾の毛がパサパサになるくらいだったんだから」

「いや待て。俺としては新参者のお前が根本で孤立しないように――」

「肥溜《こえだ》めに突き落としておいてかい？　ぼくはあのとき、お気に入りの腕輪を失《な》くしてしまったんだよ。よりにもよってあんな汚らしいところに……今すぐ返してくれ」

思いだしついでに当時の怒りがぶり返してきたのか、宮杵稲は狐狸のあやかしらしく牙《きば》をむきだして訴えてくる。

ずいぶんと前の話をいつまでもぐちぐちと、なんて思わなくもなかったが、確かに今になって振り返ると、恨まれて当然の悪行をしでかしたような気もする。

「やっている本人はじゃれあっているつもりでも、相手からしてみれば我慢ならないってことだってあるんだよ。君は昔からそういうタチの悪いタイプだったよね、カエルを触りすぎて弱らせて死なせちゃうような。ぼくのほかにも心当たりがあったりしないかい？」

「んなことあるわけな……、いや、あるようなないような」

真っ先に浮かんだのは、丁稚に来ていた衣雷の顔である。別れ際に辛辣《しんらつ》な言葉を浴びせられたのだ。社へきたばかりのころは、慕《した》われていたというのに。

「ほら見たことか。今さら後悔したって遅いんだよ」

「なにを知ったふうに。ていうかお前の場合、しっかり報復しおったではないか」

宮杵稲が稲荷どもを連れて山狩りのごとく追いかけまわしてきて、あげく肥溜めに落とされたときの屈辱は、黒舞戒としても忘れようがない。

「否定はしない。あのときは腹がよじれるほど笑ったからね」

狐も当時のことを思いだして溜飲《りゅういん》をさげたのだろう、ふんと鼻を鳴らしたあと、赤い瞳を愉悦の色に染める。結局のところ報復に報復を重ねて今日までやってきたわけだから、どちらが悪いと言い争うこと自体が不毛である。

そこで実華が起きたので、ふたりはどちらともなくベンチから立ちあがる。

園内のいたるところに緑があるものの、根本の山と違って奔放さがない。おかげで眺めていると物足りなさを感じてしまう。しかし赤子を連れまわすぶんにはちょうどよいともいえ、今では黒舞戒ですら、その利便性の前に屈服しかけているような有様であった。

「お前と揃って散歩する日が来るとは思わなかったぞ。しかも忌々しい人間の赤子を連れて。……長く生きていると、思いがけぬことにめぐりあうというわけか」

「九里頭どのが言うように、ぼくらも変わらなくちゃならないのさ。いつまで経っても同じ失敗をしていたら意味がない。過去の経験からだって、人間からだって学ばなくちゃ」

「女に振られてばかりいたやつに言われると説得力があるな」

「君だってよく振られていたじゃないか。亜里《アリ》にしたって去っていったし」

「よくもまあぬけぬけと。彼女を奪ったのはお前ではないか」

「そうだっけ？　でも、最後はぼくも振られたよ」

天狗は笑った。狐も笑った。

当時のことをなにも知らぬ実華でさえ、いっしょになって笑っている。

長きにわたりいがみあい、根本の山を揺るがすほどの激戦を幾度となく繰り広げてきたというのに――きっかけさえあれば、こんなふうに語りあうことだってできるのだ。

「みんなみんな、ぼくの前からいなくなった。仲間だと思っていた稲荷の連中ですら。最後に残ったのは大嫌いな君と人間の赤ちゃんなんだから、皮肉な話があったものさ」

「まったくもって同感だ。残りものを寄せ集めにされたようで、みじめな気分になるぞ」

「うー」

「おっと、ご機嫌ななめでちゅね。お姫様もぼくらがお相手じゃ不満でちゅか？」

普段のつんとすました宮杵稲の面影《おもかげ》がみじんもなく、黒舞戒はその毒気のない姿に苦笑してしまう。

仲間に見放され裏切られひとりきりになり、このままではいかんと慌てて人間に媚《こび》を売る。あげく職を得て社会に順応しようとするなど……六百年の歳月を生きたあやかしにあるまじき、浅ましさ。しかし狐は変わろうとしていて、天狗もまた、そのような見苦しい生きかたも悪くないと感じはじめている。

自由気ままに、俗世のしがらみに縛られず。そうやって在り続けることがあやかしとしての本分だと考えていたが、赤子に振りまわされ忙しなく人の世で暮らしていくことも、存外に刺激的で、そのうえ愉快だと、気づいてしまったばかりに。

「実華の世話をするようになって、自分の望みがようやくわかったよ」

「ほう？　ちなみに俺は上州あやかしの覇者よ」

「馬鹿だなあ。君は本当に馬鹿だなあ」

「うっさいわ。して、お前の望みとやらはなんだ」

「ぼくはね、たぶん家族が欲しかったのさ」

あまりに晴れ晴れとした調子で言われたものだから、黒舞戒は呆気《あっけ》に取《と》られてしまう。

ほんの一瞬だけ、目の前にいる男が六百年来の仇敵ではなく、かつて根本の小川で夕暮れになるまでともにじゃれあった、狐の少年に見えた。

「ちょっと、お花を摘みに行ってくるよ。実華を預かっていてくれ」

「お、おう」

まさしく狐につままれたような気分のまま、黒舞戒は乳母車を受けとる。忙しない様子で公衆便所を探す宮杵稲を目で追うと、その後ろ姿から耳がぴょこんと伸びている。よく見れば滅多《めった》に出さない尻尾までふりふりと揺れているし、だいぶ化けの皮がはがれているようだが、大丈夫なのだろうか。

「しかし家族が欲しいとは、馬鹿げた考えだとは思わぬか。実華よ」

「うー」

「げ、ぐずるな。俺が悪かった」

宮杵稲が急にいなくなったからか、実華がわーわーと泣きじゃくりはじめる。この様子だし赤子のほうも愛情とやらを感じていると見え、家族が欲しいという願いは通じつつあるらしかった。

もちろん実華の世話をするのはただの試練。ともに過ごすといっても一年かぎりのことであるのは、狐とて承知のうえだろう。しかし予行練習としては申し分ないであろうし、いささか酔狂ではあるものの、黒舞戒としても仇敵の家族ごっこに付きあってやるかという気分になってきた。

「愛情たっぷりに、なんてのは性に合わぬがな。よーしよしよし、狐の阿呆がいなくても大丈夫でちゅよねー。天狗のおいたんとお留守番できまちゅよねー」

「あーだ！　だあ、あーだっ！」

しかしこの赤子、こういうときにかぎって手強《てごわ》い。外で親がいなくなる、というのが実華の境遇的に強い不安を与えたのやもしれず、普通にあやしているだけではどうにもならなそうなかんしゃくの起こし方であった。

黒舞戒は焦った。

ひとまず周囲の視線がじろじろと気になるので、腕にさげていたレジ袋を地面に落とし、両手で印を結んで人払いの妖術をかけておく。宮杵稲ならこの程度の結界は看破できるので問題ない。あとはここぞというときの切り札、

「さあ蝶となれ実華よ！」

「うー！」

「妖術で宙に浮かせてもだめか。ならば回転させて竜巻にするか、いや、ぐるぐるさせると酔わせてしまいかねんぞ。そうだ、せっかく外にいるのだから――エイヤッ！」

天狗はさらに念じ、実華を普段の倍くらい浮かせる。屋敷の中だと天井にぶつからないよう調整しなければならないが、公園であれば高さの制限はない。それこそキャッチボールのように、思いっきり放りあげてやることができるのだ。

普段よりずっと豪快な高い高いは赤子にとっても爽快《そうかい》だったのか、泣きじゃくっていたのが嘘のように表情が明るくなっていき、やがて、

「きゃはっ！」

「やはり、必要なのは高さであったか。ほーれ、高い高い。高い高ーい」

「きゃっきゃっ！　きゃっきゃっ！」

実華は毬のようにぽんぽんと飛びあがり、そのたびにかつてないほどはしゃぎだす。黒

舞戒のほうも新たな遊びを発見したようで楽しくなってきて、さらに高く高くと浮きあがらせていく。あらかじめ人払いをしてあるから遠慮はいらない。締めは盛大に、天高く舞う龍のように盛大に放りあげてやる。

「……む、調子に乗りすぎたかっ！」

しかし加減というものを知らないせいで、実華はぐんと空に伸びて豆粒のごとく小さくなってしまう。おまけに春のからっ風にあおられて、あらぬほうへ逸《そ》れていく。

さすがにやばいと感じた黒舞戒は即座に漆黒の翼を広げ、公園を滑るように疾駆する。丸っこい身体が放物線を描いて夕暮れに消えていく姿を必死に目で追い、あわや地面に衝突という寸前で、砂煙をあげながら華麗にスライディングキャッチを決める。

「きゃっきゃっ！」

「いや、さすがにもうやらんぞ。次はうまくいくともかぎらんからな」

もっとやってとせがむようなはしゃぎっぷりに呆れながら、黒舞戒はほっと息を吐く。見たところ赤子に怪我《けが》はないようだし、間にあって本当によかった。

いやはや、宮杵稲がいないときだったのが幸いである。実華をうっかり天に放りだしたと知れたら、神経質かつ心配性なあの男になんと言われるかわかったものではない。

「なにをしていたの、今」

「ぬっ……」

ぎくりとして振り返ると、宮杵稲が腕を組んで立っていた。

能面のような無表情。

こういう顔をしているときは、かなり危ない。

夕焼けに照らされている狐の姿が、地獄の閻魔《えんま》のように見えてくる。

「赤子がぐずっていたから、高い高いを――」

「だからって空に放り投げるなんてありえないだろ。この子をいったいなんだと思っているんだよ、危ない目にあわせたくないから預けたんじゃないか」

「待て待て落ち着け。この黒舞戒が、万にひとつでも落とすようなことはない」

「君のそんな言葉、信用できると思う?」

あやかしとしての本性をあらわし、銀色の耳を生やし刃のごとき鋭い双眸《そうぼう》になったオサキの狐が、不気味なほど静かにじりじりと詰め寄ってくる。今にも喉笛に食いついてきそうな剣幕に、腕に抱えられた実華までもがぎゃんぎゃんと泣きはじめている。

当然、黒舞戒のほうだって悪いことをした自覚はある。しかしさきほどの出来事はちょっとした手違いなのだから、こうも目くじらを立てなくてもいいはずだ、という意識のほうが強かった。

「がきんちょの一匹や二匹ぴょんぴょん飛ばしたくらいで大騒ぎとは、神経質にもほどがあるだろうに。俺がやろうと思えば千里の彼方《かなた》まで放り投げることだってできるのだぞ」

「……君はやっぱり変わらないな。カエルを触りすぎて死なせるようなやつさ」

そこでするりと手が伸びて、腕の中にいた実華が奪われてしまう。

宮杵稲は相変わらず静かだった。それがどうにも黒舞戒の心をざわつかせる。いっそ声を荒らげてくれたほうが、やりやすいというのに。

狐は泣きじゃくる赤子を抱きかかえると、存外に穏《おだ》やかな声でこう言った。

「この子が地面に落ちて動かなくなっても、人間は軟弱だと笑うつもりかい」

「つまらん冗談はよせ。俺はそこまで阿呆では――ぐわっ！」

静かに笑う相手に詰め寄ろうとしたところで、突如として足もとに青白い火柱が燃えあがる。身を焦がさんばかりの熱に、黒舞戒はたまらず飛びのいた。

オサキの狐火《きつねび》――かつてさんざん苦しめられた妖術である。

「やめろ、殺す気か」

「また近づこうとしたら、そうするつもりだよ」

宮杵稲の言葉に迷いはなかった。夕暮れが紫色に変わりゆく中、血のように赤い瞳だけが今なおゆらゆらと輝いている。

黒舞戒はそこでようやく、ことの深刻さに思いいたる。今の狐には穏やかさや無邪気さといったものが微塵《みじん》もなく、不毛な戦いを繰り広げていたときの姿そのものであった。

「君は阿呆だ。どうしようもなく阿呆だ。久方ぶりに再会したとき、それからいっしょに暮らしはじめたとき、ぼくと同じく変わろうとしているのだと思った」

でも、と宮杵稲は続ける。

疑いようもなく、怒っているはずなのに。

なぜか寂しそうに、悲しそうに、震える声でこう言ったのだ。

「本当はただ、遊んでいるだけだった。君は昔と変わらず、相手の気持ちなんて考えもせず、ぼくと実華というオモチャで戯れているだけの、救いがたい幼子《おさなご》のままだった」

「違う、俺は……」

とはいえ、弁解の余地はなかった。

再び顔をあげたときには実華もろとも宮杵稲の姿は消えていて、黒舞戒だけが誰もいなくなった公園にぽつんと佇《たたず》んでいた。

つい先ほどまでほがらかに笑いあっていたのが——幻だったかのように。

丁稚の衣雷が出ていったときもそうだったが、こうもあっさり自分のもとから誰かが去っていく事実を、どうしても受けいれることができない。理屈よりも感情が追いつかず、目に映る景色のすべてが夜に溶けていくまで、その場で呆然《ぼうぜん》と立ちつくしてしまう。

「なぜこうも、うまくいかぬ」

気持ちのやり場がなく吐き捨てるも、その答えは明白だった。孤高の存在を気取ってみても、実際のところはそんな暮らしを心の底から望んでいたわけではなく——狐が言っていんように自分はどうしようもなく阿呆であり、ゆえに浅はかな行いをしても喧嘩にさえならず、ただ呆れられ見放され、ひとりぼっちになっていただけにすぎないのだ。

変わりたいと願った。変われると思った。

しかし六百の齢《よわい》を重ねてまったく進歩のなかった天狗が、今さらなにをどうできる?

2

高崎の街中をあてもなくさまよった。

今や日はとっぷりと暮れ、通りのあちこちに色鮮やかな光が灯《とも》っている。

しばらく不審者さながらに徘徊《はいかい》していたものの手持《ても》ち無沙汰《ぶさた》になり、駅中の書店で立ち読みして時間を潰す。いつもの癖《くせ》で育児雑誌や料理レシピの本を手に取り、さて今日の献《こん》立《だて》はなににしようかと考えたところで我に返った。

そもそも成りゆきで、赤子の世話をしていただけである。衣雷の件にしても今回の件にししも、六百年の歳月の中で幾度となくあったことなのだから、いつものように去るものは追わず、またひとりで生きていけばいいじゃないか。

頭ではそんなことを考えているのに、足は自然と本町通りのほうへ向かっていく。ばつの悪さを抱えつつも、宮杵稲も頭が冷えたころだろうと、そんな淡い期待を抱いて。

しかしあるはずの場所に屋敷はなく、はて道を間違えたかと夜道を徘徊してみるもやはり見つからず、三十分ほど歩いたあたりでようやくおかしいと気づく。

結界が張られているのだ。

この手の妖術は宮杵稲のほうがよほど達者であり、本気を出されたなら黒舞戒であろうと看破できない。そして相応の手間と労力がかかる複雑な術であるため、相手がそれほど頑《かたく》なに自分を拒否していることも察してしまう。おかげで再び路頭に迷うはめになり、天狗としてもならば知ったことかと、ささくれだった気分になってくる。

仕方なく駅前に戻ってきたところで、ふと頭に冷たいものを感じた。

ぽつぽつと、雨が降っている。

やがて遠くからごろごろと雷鳴が響き、ほどなくして、たらいをひっくり返したような土砂降りに変わった。和気あいあいと歩いていた若者たちや仕事帰りのサラリーマンたちが、慌てた様子でショッピングモールやコンビニの中に避難していく最中、黒舞戒だけがその場に立ちつくし、頭上をあおぐ。

ただの雨ではない。空が、天狗の心に同調しているのだ。

黒舞戒は慌てて目を瞑《つぶ》り、気を鎮めようとする。

しかし直後、激しい光がほとばしり、間近にあった看板に稲妻が落ちた。通りを彩《いろど》っていた灯が一瞬ぷつっと消え、あちこちから悲鳴があがる。なまじ力がありすぎるばかりに天候にも影響を与え、今や人間どもにとって、はた迷惑な存在に成りはてているようだった。

つくづく思い知る。どんなに強くたって、ひとりぼっちでは生きていけない――あのとき玄雷に告げられた言葉は、やはり間違いだった。なぜならあまりに強すぎる存在は、ひとりぼっちで生きていくほかに、道はないのだから。

宮杵稲の怒りを目の当たりにして、地面に落ちた赤子がどうなるか具体的に想像して、ようやく己の行動の危うさを理解したところで意味はない。痛みや苦しみに疎いがために心の機微にも頓着せず、いつしか関係を修復できぬほどに憎まれている。

触りすぎて、加減ができずに、傷つけて。

なにも考えたくなかった。いっそ草や花に生まれ変わりたかった。

ばらばらに引き裂かれ、灰燼《かいじん》と化して消えることができればどんなにいいかと思うが、天狗の身体は無駄に丈夫であるから、不動明王の手を借りても難しいだろう。

「……教えてくれ。俺はこれから、どうすればいいのだ」

荒れくるう雷雲に向かって呟くも、やはり答えは返ってこない。

道を照らす街灯ですら、冷たい雨に打たれて泣いていた。

◇

「なんだい、あんた。いきなり入ってきて」

「面目ない。すこしの間だけ、雨宿りさせてくれ」

暗がりの中で、黒舞戒は力なく答える。どうにか稲妻だけは抑えこみ手近にあった空き屋の中に避難したのだが、普通に人が住んでいたらしく、まぎれもない不法侵入者になってしまった。相手の顔は見えないものの声を聞くかぎり女性らしく、さすがにこの状況にあってはかなり警戒されている。

と、室内がぱっと明るくなり、直後にふかふかしたタオルを投げつけられる。歓迎はされていないようだが、追いだすつもりもなさそうだ。

びしょびしょになっていた顔と身体をふいたあとで相手の姿を確認すると、やはり三十路《みそじ》すぎの女性だった。茶色に染めた髪を後ろで一本に束ねて、白のTシャツとジーンズのうえから、黒いエプロンを身につけている。

「ぼさっと突っ立ってないで、ついでに酒でも注文しなよ」

言われて見てみればうすす汚れた壁にところ狭しと、生ビールやらハイボールやら、肉野菜炒めやらカツ丼《どん》やらナポリタンやらと書かれた札が掲げられている。休業中か営業時間外だったようだが、どうやらここは居酒屋だったらしい。

「あいにく手持ちがない。しかし腹は減っているからなんか食わせてくれ」

「図々《ずうずう》しいやつだね。イケメンじゃなかったらぶん殴っているよ」

居酒屋の女店主はそう吐き捨てたあと、厨房《ちゅうぼう》の奥へ消えていく。さすがの天狗も本当に作ってもらえるとは思っていなかったのでいささか驚いたものの、せっかくなので相手の厚意に甘えて、カウンターに腰を落ち着かせる。

ほどなくして乱暴に卓に置かれたのは、もつ煮定食だった。黒舞戒は「かたじけない」と手を合わせたあと、さっそく料理に箸《はし》をつける。

「うまい！　もしかしたら世界一かもしれん」

「見え透いたお世辞はやめなよ。うちよりうまい店なんてそこら中にある」

そう言われると、確かに否定できない仕上がりではあった。

最近になって世間にも認知されてきたが、群馬県民はもつ煮をよく食べる。定食メニューとして提供しているところも多く、中には行列ができるような名店も存在する。

一方でこのもつ煮は、生姜《しょうが》や唐辛子をふんだんに使い、ごぼうにねぎに人参《にんじん》、そしてもつにいたるまで味噌の風味が染《し》みこんでいるが、むしろ煮こみすぎているせいで具材はどれもぐずぐずで、過剰なまでに味が濃くて甘辛い。

しかしこのときの天狗は、本当にこれが世界で一番うまいと思ったのだ。土砂降りの中を歩いて冷えた身体に、それ以上に荒みきった心に、もつ煮の乱暴な味つけが、がつんと響いてくる。まるで肩の力を抜いて一息つけやと、そう言われているかのように。

「ちょいと一本だけ、煙草《たばこ》をもらうよ」

「構わぬが、料理人というのは舌が鈍《にぶ》るから吸わないものではないのか？」

「イケメンでもちょっとぶん殴りたくなるね。いいんだよ、どうせ今日で閉めるんだから。あんたはこの店の最後の客。これはもつ煮の残りカス」

「つまり俺は、迷いこんだ野良犬のようなものなのだな」

そのひとことがツボにはまったのか、居酒屋の女店主はぷっと吹きだした。やさぐれたような雰囲気こそあるものの、笑うと存外に可愛らしい。

今のやり取りで警戒心が解けたのか、あるいは覇気のない黒舞戒を野良犬として扱うことにしたのか、女店主はひとりごとのように滔々《とうとう》と語りだす。

「ちっちゃいころから親父《おやじ》の店を手伝ってきたし、ほかにできることもないから自分の店を開いてみたけど、やってみたら全然だめだったわ。仕入れやら原価やらテナント代やら考えなきゃいけないことが山ほどあって、毎月きちんと利益が出せるような経営ってなるとお手上げでね。しょぼい給料しか出せないからバイト募集しても来ないし、ひとりで切り盛りしていると手が回らなくて味がどんどん落ちていっちまう。料理を作ること自体が嫌になっちまいそうだったよ」

女店主はいったん、煙草の煙を吐きだした。そして湿気《しけ》った空気の中を白い煙が漂う様をじっと眺めたあと、その先にある入り口に視線を移す。外はいまだ激しい雨が降り、横殴りの風がガラス戸をガタガタと揺らしている。

「店を閉めようって決めたのは、コンビニで買ったもつ煮を食ったときさ。あれは卑怯《ひきょう》だわ、世界規模でやってるでっかい会社が大卒のエリートやらいっぱい集めて、億を超える金かけて商品開発しているんだもん。そりゃレトルトの分際で、うちで出しているやつよりうまいっつの」

黒舞戒はなにも言えなかった。人間たちが日々進歩し、世の中を複雑きわまりないものに変えていく中、自分のようなあやかしだけが時代の流れに取り残されているのだと考えていた。しかし実際は当の人間たちでさえ自らが作りだした変化に呑まれ、あまりの速さに追いつけず、無力さを感じて打ちのめされている。

「店を閉めて、そのあとはどうするつもりだ」

「このまま負けっぱなしってのも悔《くや》しいから、親父の店で働いて勉強しなおそうかな。まだまだ先は長いんだし、やれるだけのことはやってみるさ」

「……なるほど。確かにお前たちから、学ばなくてはならないのかもしれん」

「どうしたの急に。めちゃくちゃ上から目線で言いだして」

「そりゃ俺は天狗だからな。百年ぽっちしか生きられぬ人間ごときに先は長いと言われたら立つ瀬がない。料理も悪くなかったゆえ、今後とも精進するがよい」

黒舞戒は言うなりカウンターから立ちあがると、背中に仕舞っていた翼をばっと広げた。野良犬のようだった男の姿はもはやなく、目の前にいるのは神々しいばかりの大妖《たいよう》である。居酒屋の女店主は啞然《あぜん》としたままその姿を眺め、くわえていた煙草を手に落としたあとで「あちちっ！」とのけぞった。

相手が火を揉《も》み消《け》している間に、天狗は颯爽《さっそう》と店を出る。外は今や嘘のように晴れていて、通りのあちこちから再び人々の喧騒《けんそう》が響きはじめている。

頭上をあおぐと、迷いのひとつもなさそうな、満天の星が広がっていた。

◇

夜が明けて、また日が沈み、幾度となくそれが繰り返されても、黒舞戒は宮杵稲と実華のところに戻ることができなかった。いや、戻らなかった。

そのかわり、人間の社会に順応しようとした。

浮浪者に間違えられ、不審者として通報される。そのたびにみじめな気分を味わいながらも、ひたすら辛抱強く耐えた。翼を広げて空を飛ぶことや妖術のたぐいを使うことすら封印し、弱っちくみっともない人間のように過ごした。

この世に慈悲はなく、人間というのはしょうもないやつばかりで、社会はくそであり、いっそ根絶やしにしてしまうべきなのだろうが、それでも見習うべきところはある。

天狗は挨拶《あいさつ》を覚えた。我慢を覚えた。非を認めることを覚えた。

九里頭の屋敷で貰《もら》いうけたプラダのスーツはボロ布同然と化し、知らないおっちゃんから使い古した作業着を借り受け、そのまま工事現場でひと汗を流し、取るに足らぬ存在と嘲《あざけ》っていたものたちと肩を寄せあって笑うまでになり、そうして二週間が経ち、自分があやかしであることさえも忘れかけたころ。

露尾がひょいと顔を出して、こう言ってきた。

「見違えましたね。最初、誰だかわかりませんでした」

「化けの皮をかぶるのがうまくなったのだ。狐狸のようにな」

「そろそろ戻りませんか。宮杵稲サマだって結界を解いていますよ」

黒舞戒はむっつりとした顔のまま、静かにうなずく。

もって生まれた性根は、そう簡単には変わらない。

六百年もこびりつかせてきたのだから、風呂場のカビよりしつこいだろう。

しかし天狗は、諦めないことだって覚えたのだ。

「久方ぶりだな、狐よ」

今や懐かしき屋敷の門までやってくると、宮杵稲が腕を組んで待っていた。

顔は見るも無残《むざん》にやせ細り、黒絹のような髪は乱れに乱れ、白い着流しも汚いシミだらけ。もはや潔癖性がどうのと言っている余裕すらないほど、憔悴しきっているのがわかる。この様子では人里でやっているという仕事も、満足にこなせていないだろう。

ならば、と、黒舞戒は仇敵を諭《さと》すようにこう告げた。

「お互い頭も冷えたことだし、腹を割って話しあおうではないか」

「嫌だね。君にはつくづく愛想がつきた」

宮杵稲はやたらと根に持つタイプで、自尊心も高いため自分からは絶対に折れない。六百年ものつきあいがあれば、当然わかりきっていたことだった。

しかし黒舞戒は、にやりと笑う。

「では、赤子のごとく駄々をこねさせてもらおう」

「なんだって？」

「今より地面に転がり手足をじたばたさせながら泣きわめく。いったい何事かと、人間どもがぞろぞろと様子を見にくるほど騒がしくしてやるぞ」

「や、やめろ！　六百年も生きてきたくせに、みっともないとは思わないのか！」

「素直に謝るくらいなら恥をかいたほうがましだ」

「なんてはた迷惑な……」

天狗は我慢を覚えたし、非を認めることも覚えた。

とはいえ例外はある。

仇敵に対してだけは、弱みなんて絶対に見せたくないのである。

「俺はいずれ上州あやかしの頂点に立つ身。社会を牛耳《ぎゅうじ》るものとは清濁あわせ呑み、ときには土下座を、ときには倍返しするような器でなくてはならん」

「ねえ露尾、君から聞いた話と違うんだけど！　こいつまったく反省してないよ⁉」

「オレも戸惑ってます。どういうつもりなんですか、黒舞戒サマ」

「よくぞ聞いてくれた。俺の最終目標は今さっき話したように、上州の支配者となり黒舞戒の名を再び世に知らしめることだ。しかし、それよりも先に成しとげたい野望がある。すなわち——」

黒舞戒はそこで、深く息を吐く。

本音を語るというのは、こうも恐ろしいことなのであろうか。

しかしやらなければ、伝わらぬ。たとえこの世に慈悲がなくとも、

「俺は、優しくなりたいのだ」

返事はない。狐も、そして露尾も黙っている。

かすかに、玄関の奥から赤子の声が聞こえた。

実華は起きているのだろうか、泣いていないだろうか。そんなことを考える。

「丁稚に来てくれた、衣雷のように。あるいは俺に声をかけてくれた、おせっかいな人間

どものように。ちょっかいをかけてかけられて、それでもいっしょに笑っていられるような、そういう生き方をしてみたくなったのだ」

だが、と言葉を続ける。

それはまさしく、六百の齢を重ねた黒舞戒が抱える、切なる願いだった。

「どうしてもうまくできんのだ。山で暮らし、最強のあやかしとして名を馳せ、ばか騒ぎすることしか能がない連中を従え、勝手気ままに生きてきた俺には。それでも――」

「変わりたいと願ったのかい」

黒舞戒はうなずく。思いやりだとか優しさだとか、山育ちの天狗ではどうやってもひねりだせないものだから、たまに与えられるとつい羨ましくなって、自分もそういうふうになりたいと願ってしまった。

たとえひとりで生きていけるとしても――ひとりで生きていくしかないとしても、それではあまりに退屈でお腹《なか》が空くから、諦めきれずに駄々をこねている。

再びの沈黙が流れたあと、実華の声が聞こえたからか、宮杵稲はちらちらと家の中を気にしながらこう言った。

「口で言うだけなら簡単さ。君はなにかあるとすぐに自己弁護に走るけど、そうやって逃げてばかりいるから成長しないんだよ。どうせまたケロッと忘れるに決まっている」

「ああ、俺としても自分のそういうところに嫌気がさしているのでな。とりあえず人間の

ように暮らしてみることにした。弱っちい丁稚のごとく、短期のバイトに精を出して

「すごいんですよ黒舞戒サマは。ガタイがよくて腕っぷしも強いのに、あんだけ面接で落とされるってのはそうありません。なので基本、うちらのコネでなんとかしています」

「霜尾よ、いらんことを言うな」

「いや、諦めずにチャレンジしたってことでひとつ」

「自立できたのならけっこう。でもだったらなおさら、ぼくらのところに戻ってくる理由なんてないじゃないか。天狗は天狗らしく、ひとりで気ままに暮らしていけばいい」

「馬鹿め。俺はそんな目的でバイトをしていたわけではない。すべては仇敵であるお前をあっと言わせるため、長きにわたる因縁にケリをつけるためだ」

「なんだよそれ、どういう意味さ」

「恩返しすると言ったであろう。——これでも食らえっ!」

黒舞戒が振りかぶるように両腕を掲げると、宮杵稲はぎょっとしたように身構える。

しかしほどなくして、その手のうちに隠されていたものをまじまじと見つめて、きょとんとしたような表情を浮かべる。狐が狐につままれたような顔をしているのを愉快に思いながら、天狗はしたり顔でこう言った。

「お気に入りの腕輪を失くしたと言っていたではないか。肥溜めに落とされたときに」

「だから?」

「同じものを作ってみた。我ながら会心の出来」

そう、バイトをしたのは腕輪を複製する資金を貯《た》めるため。返せ返せと言われたところで今さら見つけられるわけもなし、だったら新しく作って渡すほかない。ついでに当時ではまず手に入らない上等な素材を使い、シルバーアクセサリーにして倍返しすればよい。

黒舞戒としてはそういう思惑だったものの……宮杵稲はなんとも微妙そうに腕輪を受けとって、ばっさりと切るようにこう言った。

「自信たっぷりなところで悪いんだけど、これっぽっちも似ていない」

「お前がどんな腕輪をつけていたのか、記憶があやふやだったので」

「それでよく作ろうと思ったな。だから君は、救いようのない阿呆なんだよ」

そう言われると、返す言葉もない。

工事現場で知りあった彫金師の青年にアドバイスを受けながら製作したのだが、調子に乗って狐の模様とか彫りこんだのがよくなかったのだろうか。途中から似せることより宮杵稲っぽいものにしようと試行錯誤していたし、相変わらずなにもかも、自分本位で行動しているような気さえする。

黒舞戒が黙りこんでしまうと、屋敷の奥から聞こえてくる実華の声が、よりいっそうはっきりと聞こえてくるようになった。

宮杵稲もまた耳をすましながら、力なくうなだれる。

「このごろはまた頻繁にぐずるようになってね、どうしたものかと首を傾《かし》げていたのさ。ミルクを催促するでもない、粗相をしたわけでもない。ずっとそばにいてあやしても、子守歌を歌ってあげてもだめだ。なぜだかわかるかい」

「お前がわからぬのなら、俺にわかるわけがないだろうに」

宮杵稲は無言で背を向けると、ぎゃんぎゃん泣いている赤子を抱えながら戻ってくる。ひさかたぶりに見る実華は相変わらずぶさいくで、桃のあやかしにしか見えない。しかし黒舞戒にとっては、そこがまた愛おしいような気もした。

「ほら、抱いてあげな」

「よいのか？」

怖がらせないように、傷つけないように、黒舞戒はそっと実華を受け取る。腕に伝わるずっしりとした重みや、手のひらから広がっていくぬくもりをあらためて感じて、自分で考えていた以上に、飢えていたのだと気づいてしまう。

夏の蟬よりやかましく泣きじゃくる姿は出会ったときとまったく同じで、だから眺めていると、あのとき散々に手を焼かされた記憶がよみがえってくる。しかしかれこれ二週間はご無沙汰であったし、薄情な人間の、おまけに赤子であるから、自分の顔なんて絶対に覚えていないはずだと、そんなふうに諦めていた。

しころが――。

「だーあ?」

笑った。さっきまで泣きじゃくっていたのが、嘘のように。

実華がきゃっきゃと笑ったのだ。

目と鼻の先にあるその姿が現実のものとは思えず、黒舞戒は赤子を抱きかかえたまま放心してしまう。ようやく我に返って最初に発したひとことは、

「なぜ……」

「寂しかったんじゃないかな。天狗のおいたんがいなくて」

「そんなことがあるものか。俺は」

愛情なんて、注いでいなかった。

猿や猪とたわむれるときと同じように、ちょいと構ってやっただけにすぎない。夜泣きがひどいときには、憎たらしいと思ったことさえある。

だというのに、得体の知れない天狗を見て、人間の赤子が安心したように笑っている。

「オモチャみたいに遊んでいただけでも、愛情として伝わっちゃったのかもしれないな」

狐はそう言って顔をほころばせる。

実華と同じように、待ちわびていたかのように笑っている。

なにか言わねばと思うのだが、感情がぐちゃぐちゃになって、うまく言葉が出てこない。黒舞戒ともあろうものが、赤子ごときに敗北してなるものか——そうやって強がれば

強がるほど、長きにわたる孤独ですり減っていた心が、ぽろりぽろりと崩れていく。

愛情というのは卑怯だ。どんな敵よりも厄介だ。

最強の存在であろうと、こうもたやすく屈服させられてしまう。

悲しいからでも、悔しいからでもない。

嬉《うれ》しくて嬉しくてたまらなくて、どうやっても耐えられそうになかった。

黒舞戒がうつむいたまま赤子を抱きかかえていると、陽光が照っているというのに、ぽつりぽつりと雨が降ってくる。

言うなれば狐の嫁入りならぬ、天狗の泣き笑いである。

宮杵稲はふんと背中を向けると、雨空にかかった虹《にじ》に目を向ける。もちろんそれは長いつきあいを経ている仇敵なりの、ちょっとした思いやりであった。

「まあ、ぼくもおとなげなかったよ。今後は実華に妖術を使うのは禁止。悪いことをしたら非を認める。それでチャラってことでどうだい」

「……承知した」

「忘れずに守れるなら認めてあげるさ。君も一応は家族だってね」

そっけない調子でそう言ったあと、屋敷の中にすたすたと戻っていく。

しかしその腕には、渡したばかりのシルバーアクセサリーが輝いていて。

己が倍返しできたことを実感し、天狗は鼻をすすりながら、ほくそ笑む。

「誰がお前なんかと。ほれ、実華もいやだと訴えておるぞ」

「きゃっきゃっ！」

そのあとしばらく、宮杵稲はへそを曲げてひとことも口を利いてくれなかった。

しかし夕食のときに作ってくれたハンバーグは、憎たらしいほど美味であった。

第三話　狐、愛を知る

1

今よりはるか昔、九尾と呼ばれた大妖がいた。

高潔でありながら残酷であり、あるときは慈愛に満ちた母のごとく、またあるときは飢えた獣のごとく——男であろうと女であろうと、人間であろうとそうでなかろうと、一瞬にして相手の心を支配してしまうほどの強大なあやかし。そのたぐいまれな美貌と妖術によって、かつて二度にわたり、現世《うつしよ》に破滅と混沌《こんとん》を招いたという。

オサキは九尾が殺生石に封じられた際に飛びちった破片から生じたあやかしであり、中でも宮杵稲という名の狐は、その性質をもっとも色濃く受け継いでいる。

しかし生まれたばかりのころの彼は、自分が何者かさえわからず、身体の内に宿した力の使い方をも知らなかった。喉が渇けば泥水をすすり、飢えれば民家や田畑から食料を奪い、何度も人間に見つかり、そのたびに殺されかけていた。

——かつては絢爛豪華《けんらんごうか》な屋敷に住まい、贅《ぜい》のかぎりを尽くしていたというのに。記憶にないとはいえ九尾であったころの栄光が心の奥底にこびりついているだけに、いっそうみじめに感じられる。暗く冷たい夜道をさまよい、なぜこうも悔しいのか、なぜこうも寂しいのかと、自問自答する日々。

あるとき、宮杵稲は力に目覚めた。以来、卑しい狐狸のごとく生きるのではなく、九尾の一端を継ぐあやかしとしてふさわしい、きらびやかな道を歩むようになった。

きっかけは思いだせない。ほんの些細《ささい》なことだったはずだ。

と、そんなふうに自分を騙《だま》しておきたいところではあるものの……六百年の歳月を経た今でもなお、宮杵稲は当時の情景を夢に見てしまうときがある。

幼い狐は見たのだ。

蒼天《そうてん》を翔《かけ》るあやかしを。

燃えるような髪をなびかせ雲の狭間《はざま》を舞う、勇ましい少年の姿を。

みじめで弱々しい自分とは、まったくかけ離れた眩《まぶ》しい存在を。

そうして目を覚ましたとき、今の宮杵稲はつくづく思うのだ。

ああ、そうだった。

ぼくはあのときから、お前のことが大嫌いだったと。

◇

「残念だけど、君たちと取引をすることはできない」

「そりゃないだろう。ここに並べてある品はどれも、一級のアンティークだぞ」

丸眼鏡《まるめがね》をかけた禿頭《とくとう》の男が、宮杵稲に剣呑《けんのん》なまなざしを向けてくる。

場所は東京湾の波止場。うら寂れた貸し倉庫にて、狐は見るからに値打ちが高そうな椅子や壺、毛皮やアクセサリー、そしてガラの悪い連中に囲まれていた。

白分のほかには、今回の取引を仲介した露尾しかいない。仕事の手際はいいものの荒事に向かない河童は、不穏な気配を察してか、早くもこの場から逃げだそうとしている。

多勢に無勢。だというのに狐は、涼しげな微笑を浮かべたまま。長い黒髪の男が白の着流しをまとう姿は女形のような風情があり、相手に向けて指を立てる仕草《しぐさ》もまた、芝居がかっている。

「理由はいくつかある。まず、君たちはアンティークだと説明していたけど、ぼくの見るかぎり、どれもごく最近に作られたものばかりだ」

「つまり、パチモンだって言いてえのか？」

「だとしても相応の価値はあるのだろうけどね。まがいものにしてもまがいものなりに、特別な力が宿っているようだから」

丸眼鏡の男はなにも言わず、ただ目を細める。雑にまくったシャツの袖から伸びる腕には無数の梵字《ぼんじ》が刻まれていて、その禍々しさからただのタトゥーではなく、霊的な作用が施されたものだとわかる。彼らは大陸の裏社会——そのさらに深い闇の中に拠点を持つ、妖術や呪法《じゅほう》に長《た》けた組織のブローカーなのである。

「あんたらは、いわくつきの品々を取り扱っていると聞いた。もしかしたらこれは偽物かもしれねえが、ありがたいご利益を授かったり、相手を呪《のろ》い殺したりするぶんにゃ支障はねえはずだ。なんなら今ここで試してみたっていいんだぜ」

「効果のほどについて疑うつもりはないさ。ただ……ごく最近に作られた偽物であるにもかかわらず、それなりの力を有しているとなると、こちらとしてはさらにもうひとつ、取引できない理由ができてしまう。君たちはこれを、どこで手に入れた?」

次の瞬間、場の空気が一変する。換気の悪い倉庫に人が密集し、さきほどまでむせかえるほどだったというのに、今や凍《こご》えるほどに寒い。

誰もが白い息を吐き身震いする中、宮杵稲だけは平然と、腕を組んだまま佇んでいる。

「あるいはどうやって作ったと、そうたずねるべきかな。本来であれば長い年月をかけて魂を宿す付喪神のたぐいを、いかなる外法をもちいて生みだしたのかと」

「なるほど。男にしちゃべっぴんさんすぎると思っていたが、このアンティークどものお仲間だったわけか。まあだいたいのところ、お察しのとおりだよ」

丸眼鏡の男は観念したようにそう告げたあと、残忍な笑みを浮かべる。

この国にかぎらず大陸のほうでも、見鬼の才に長けた者たちにとっては、力のないあやかしは狩りの獲物にすぎない。道士や陰陽師《おんみょうじ》が幅を利かせていた時代ほどではないにせよ――生きたまま皮を剥がれ骨を削られ、そうやって作られた品々は今なお、いわくつきのアンティークとして闇市《やみいち》で取引されているのが現状だった。

「近頃じゃあ象牙《ぞうげ》や鼈甲《べっこう》を扱うよりよっぽど、安全なシノギになっていてなあ。文句があるってんなら今からあやかし愛護団体でも作って、世間に啓蒙《けいもう》してくれや」

「なかなか面白いアイディアだね。露尾、どう思う?」

「こ、こっちに振らないでくださいよ! 悪党を血祭りにあげるってんならどうぞご自由にって感じなんすけど、やるならやるでオレのことも守ってくださいね⁉」

「最初から成敗させるつもりで紹介したくせに、調子のいいやつだな。どうせまた、九里頭どのの差し金なんだろうけども」

宮杵稲が鋭いまなざしを向けると、露尾はヒューヒューと口笛を吹く真似をした。

どうも最近、裏社会での荒事を任されることが増えてきているような。

とはいえ、ここらでポイントを稼いでおくのも悪くない。九里頭のコネクションがあったからこそ表の仕事を軌道に乗せることができたわけだし、あの御仁の力を利用せずともやれるようになった今でも、上客であることには変わりないのだから。そんなふうに納得したところで、狐は友人と接するような気さくな口ぶりで、こう言った。

「君たちが用意した商品を買いつけるより、君たちを商品にしたほうが利益になりそうなんでね。まあそんなわけだから、よろしく頼むよ」

「……交渉決裂というわけか。我々を舐《な》めてかかると、痛い目を見るぞ」

「いいね、その感じ。大陸の術者がどれほどのものかは知らないけど、久々に歯応《はごた》えのある相手とやりあえそうだな。陰陽寮の連中なんて腑抜《ふぬ》けばかりで、ぼくの顔を見ただけで逃げだすくらいだし」

宮杵稲はそう言ったあと、パチンと指を鳴らす。すると白の着流しがぼふんと煙をあげ、アディダスのトラックスーツに変化した。ただの黒い運動着といえばそれまでなのだが、美しい黒髪の男が着ていると、忍び装束のように見えなくもない。

剣呑な空気が漂う状況だというのに、狐は細く長い手足を屈伸させ、ジョギングをする前のようなストレッチをはじめる。そのあとで隠していた耳を頭からひょこりと生やし、狐狸のあやかしらしい姿になってこう言った。

「うちに居候している阿呆が、柄《がら》にもなくお菓子作りにハマってさ。プリンやらシフォンケーキやら試食させるもんだから、たまには身体を動かしてカロリーを消費しないと」

「じゃあこいつをぶちこんでやるから、のたうちまわってフィットネスしてくれや」

丸眼鏡の男がそう言うなり、場を囲んでいた連中が一斉に銃を構える。

今どき、妖術なんてものは流行《はや》らない。長い年月をかけて修練したとしても手品に毛が生えたような効果しか出せないのだから、最初から学ぼうとするだけ無駄。弾丸にまじないを施したりと手間こそかかるとはいえ、今ではあやかしに対しても黒光りする得物を使ったほうが手っ取り早い。大抵の場合それであっさりと片がついたし、かつてあれほど手を焼いた猩猩《しょうじょう》のようなあやかしでさえ、鉛玉をぶちこめば静かになる。

近頃はそういう風潮であることを、宮杵稲のほうも承知していた。しかし得意げに銃を向けてみせる彼らの姿を眺めていると、やはり興ざめしてしまう。

「まったくもって、優雅じゃないな。まがいものを売りさばこうとするような連中だけに、ホンモノというものを目にしたことがないのだろう」

「人間に化けているくせによく言うぜ。今のお前の姿こそ、パチモンじゃねえか」

「ははは、痛いところを突かれたね。しかし六百年も同じ飾り身をまとっていると、たまにどちらが本当の姿なのか、自分でも忘れてしまいそうになるものさ」

「……は？　六百年？」

手下が揃って銃口を向ける中で、丸眼鏡の男はぎょっとしたように目を剝《む》いた。

百年とか二百年ならいざ知らず、六百年の歳月を生きるあやかしと相対したことはない。しかも今いる島国は、かつて世界屈指の陰陽大国と呼ばれていたところである。

だとすれば、いったいどれほどの修羅場を——。

そこでパチンと指を鳴らす音が響き、丸眼鏡の男はまたもやぎょっとして身構える。

直後、宮杵稲を囲んでいた男たちの銃が花束《はなたば》に変わり、驚いて構えを解いたところで今度は鳩に変わって、まさしく手品のようにパタパタと羽ばたいていく。

うろたえるな、ただの幻だ！

丸眼鏡の男はそう一喝し、自身も銃を取りだそうとする。しかし懐から出てきたのは、可愛らしいテディベア。それでも引き金は絞れるはずだと構えてみたところ、本来なら銃であるはずのぬいぐるみがよちよちと動きだし、腕をよじのぼって顔面のほうに迫ってくる。恐怖と焦りに苛《さいな》まれる最中にもパン、パンと立て続けに発砲音が鳴り、周囲にいた仲間たちが頭から血しぶきをあげて倒れていく。

ただの術であれば、両腕に刻まれたタトゥーで弾けているはずだ。そもそも幻であると看破しているのに、正気に戻れないとはどういうことなのか。実体のないテディベアに拘束され身動きが取れない中、狐の甘く囁くような声が聞こえてくる。

「その程度のおまじないで、ぼくの力に耐えられるわけがないだろう。君たちからすると不条理に思えるかもしれないけど、まがいものだとわかっていてもホンモノだと認識してしまう。それが九尾の編みだした、本来の妖術なのさ」

「やめ……助けてくれ！　俺には妻と子どもが……！」

丸眼鏡の男は直立不動のままわめき続けていたものの、宮杵稲が放った掌底の一発で昏《こん》倒《とう》する。しかし月並みにもほどがある命乞《いのちご》いであれど、いくばくかの効果があったらしい。かつての狐なら構わずとどめをさしただろうに――なまじ赤子を育てはじめたばかりに、今の言葉が真実であった場合のことを考え、つい手心を加えてしまったのだ。

「いずれにせよ、情報を引きだす必要もあるしね。今日のところはこれで勘弁してあげるとして。ほら露尾、もう出てきても大丈夫だよ」

「うわああっ！　くまさんが、くまさんがオレの顔にいいいっ！」

「……物陰《ものかげ》に隠れていたくせに、巻きこまれているとは」

この河童が間抜けなだけなのか、ブランクが長すぎて術の加減ができていなかったのか。ともあれ事もなげに悪党を成敗してみせた宮杵稲は、腕につけたアンティークのロレックスで現在の時刻を確認する。

ほかにもまだまだ仕事が残っているにもかかわらず、予定の正午をとうに過ぎている。ランチの時間を削ったとしても、すべてを片づけ終えたころには夜が更けているだろう。

近頃はずっとこんな調子で、実華の寝顔しか拝めていない。だあだあと笑いかけてくる姿が実に恋しく、毎日それを眺めている天狗のことが羨ましく思えてくる。

「いや、ものすごく効率よくやれば、今日こそ早く帰れるかもしれないな」

都内にいくつか構えている実店舗の様子を見にいって、オフィスのほうにも顔を出し、あやかしのあの字も知らないカタギの顧客と商談をして、来年から展開する予定のＥＣサイトの件と、それから、それから――。

スケジュールを練り直したあとで奇声をあげている河童にビンタをかまして正気に戻し、すべての後始末を強引に押しつけてから、宮杵稲は慌ただしく倉庫をあとにした。

◇

「結局、こんな時間になってしまった……」

時刻は午後十時を過ぎたころ。六百年の歳月を重ねた大妖とて、人の世で暮らす以上、残業をまぬがれることは難しかった。

なにせ表の社会では、丸ビルにオフィスを構えるやり手の実業家。摩天楼のごとくそびえ立つ今の地位を維持するためには、相応の努力が必要となる。カタギの人間もそうでない者も社員として身を粉にして働いているのだから、自分だけ定時で帰宅すればトップとしての示しがつかない。むしろ部下たちのプライベートの時間を犠牲にしないためにも、誰よりも率先して働かなくてはならないだろう。

そう、宮杵稲は典型的な仕事人間――もとい、仕事あやかしだった。

アンティークの売買を中心とした業務はきらびやかな品々を愛でる自身の性質に適《かな》っており、また、人間たちの手によって理不尽に命を奪われたあやかしの成れの果てを密《ひそ》かに回収するという、かねてから請け負っていた裏稼業との両立も可能だった。

魂の底にこびりついた九尾の記憶がそうさせるのか、それとも泥をすすり食料を盗み生きてきたみじめな幼少期の反動からか、宮杵稲はあやかしの中でもとくに向上心が高い。

露尾に「ご先祖様みたいに国を乗っ取るつもりなんすか?」と冗談まじりに言われるほど、ギラギラとした瞳をした野心家の狐であった。

しかし今は、優しい目になりましたねと、よく言われる。

静かな空間で自慢のコレクションを眺めるような生活を愛し、嫌いなものといえば図々しい人間どもと野蛮な天狗。なのに今は騒々しい屋敷で、図々しいにもほどある人間の赤子を世話しながら、かねてからの仇敵である黒舞戒と暮らしている。そんな環境の変化に、自身が影響されつつあることは間違いない。

――まさか実華の笑顔見たさに、早く帰りたいと願うようになるとは。

天狗が居候するようになって早くも半年ほど経過し、季節は秋に移り変わりつつある。近頃は実華の夜泣きもだいぶ落ち着いてきており、今日も寝顔を眺めるだけに終わるだろう。そうとわかっているのに、午睡の時間が長すぎたとかで夜遅くまで起きていやしないかと、淡い期待を抱いてしまう。子煩悩な親のごとき有様をあらためて自覚し、我ながら実に酔狂だと、夜空に浮かぶカシオペア座をあおぎながらため息を吐く。

ところが帰るべき屋敷の姿が見えてくると、リビングにはまだ明かりが点《つ》いていた。となると天狗は家事を終えていないか、うまく寝つかなかった赤子をあやしている最中か。

屋敷の前まで来ると外からでもわかるほど騒々しい物音が響いてきて「ああ、夜泣きがまたはじまったのか」と、よくないとは思いつつも、ひさしぶりに赤子と戯れることができるかもしれないという期待感に、胸をふくらませる。

「ただいまー。今日も仕事で遅くなったよ」

と、狐は玄関のドアを開ける。しかし出迎えたのはやかましい天狗ではなく、

「聞いていたよりずっとイケメンじゃん」

「は?」

ゆるいパーマの髪をヘアピンで留めた、制服姿の女子高校生。それもマックでたむろしながらクスクスケラケラと騒いでいそうな、狐が忌《い》み嫌《きら》うタイプの小娘である。

「ピザもあるし早く食べよ」

「ちょっと待って、君はどこの誰! なんでぼくの屋敷にいるの……」

「あたし千代《ちよ》。天狗ちゃんに誘われたから遊びにきたんだけど」

「ちゃんづけ!? まさか、ナンパされたんじゃないよねえ!?」

突然のことに、血の気が引いてしまう。

天狗というあやかしはまれに人をさらうと聞いたことはあるものの、黒舞戒の阿呆がよりにもよって女子高生を屋敷に連れこむとは。時刻は午後十時すぎ、言い逃れできない事案発生である。警察に通報すべきか、それとも――。

「あ、勘違いしないで。パパとママもいっしょだし」

「保護者同伴か。それなら……って、家族も遊びに来ているの!?」

しかしいざリビングに足を踏みいれると、見知らぬ一家が留守の間にあがりこんでいた、どころの話ではなかった。

宮杵稲ご自慢の北欧家具は室内の隅に追いやられ、フローリングの床にどんと宅配ピザ。コーラやビール、スナック菓子をつまみながらワイワイガヤガヤと談笑しているトサカ頭のバンドマンたちに、ペンキまみれの作業服を着た無精ひげのおじさん。そして千代の両親であろう若々しい夫婦が、うとうとと船をこいでいる実華を優しく抱えている。身にまとう雰囲気から誰もがただの人間だとわかり、あやかしならまだしもカタギの一般人が自分の住処で騒ぎまくっているという光景に、啞然としてしまう。

リビングの中央に視線を移すと、この惨状を作りあげた元凶がスマホから爆音で垂れ流されているＢＴＳのミュージックに合わせ、カルバンクラインのボクサーパンツ一丁の姿でノリノリに踊っている。そのうちに持ち前の身体能力を活《い》かしたブレイクダンスを披露すると、ふざけたパーティーに参加している面々が、手拍子でリズムを刻みはじめた。

「Ｔ・Ｅ・Ｎ・Ｇ・Ｕ！　ＴＥＮＧＵ！」

「Ｔ・Ｅ・Ｎ・Ｇ・Ｕ！　ＴＥＮＧＵ！」

「よおし、今宵《こよい》はパーティーナイッ！　もといＴＥＮＧＵ・ＮＩＧＨＴだ！」

「……阿呆にもほどがあるだろっ！　ぼくの屋敷でなにやってるんだ君たちはっ！」

冷静沈着と言われている宮杵稲がこれほど声を張りあげるのはいつぶりだろうか。しかし家主が不在なのをいいことにはしゃぎまくっていた面々は、怒られて当然であろうになぜかきょとんとした様子で、お互いに顔を見あわせる。

重たい沈黙がリビングに漂う中、やがて千代が半裸の天狗にげしりと蹴りをかましたあと、責め立てるようにこう言った。

「まさか、許可もらってないの？　天狗ちゃんがパリピしたいっていうからみんな集まってくれたんじゃん。どうすんのこの空気」

「ここは俺の屋敷でもあるのだから、ホームパーティーをするだけのことでわざわざ断りを入れる必要はあるまい。ほれ、実華だって喜んでおるわ」

「あーだ！　だーあっ！」

「いやどう考えたってこの屋敷、そこのイケメンさんのじゃん。天狗ちゃんてただの居候なんでしょ？　なのになんでそこまで偉そうにできるの？」

「ええと、君の言うことはもっともだね……」

怒髪天を衝《つ》く勢いで説教をかまそうとしていたところで、初対面の女子高校生にセリフをすべて奪われてしまい、宮杵稲はなんとも言えない微妙な表情を浮かべてしまう。

しかし当の黒舞戒は「ふん、忌々しい人間の娘め」と悪態をついたあと、

「そんなわけだから、この屋敷でアゲアゲライブをさせてもらうぞ」

ハハハと笑うその姿を見て、狐は呆れて言葉が出てこない。

図々しい人間どもと野蛮な天狗を嫌い、静かな生活を愛していたはずの自分がなぜ、こんなふざけた環境に身を置いているのか。今宵ばかりはさすがに、かつてこの仇敵を許してしまったことを、本気で後悔しそうになってしまった。

◇

翌日の朝。リビングの床に宅配ピザのチーズがこびりついていることを発見し、宮杵稲はまたもや不機嫌になっていた。

半裸かつ寝ぐせがついた頭で赤子のおむつを替えていた天狗は、自分は悪くないとでもいうようにこう言った。

「いつまでも根に持つな。器の小さいやつめ」

パジャマ姿のまま仏頂面でコーヒー豆を挽《ひ》いていた狐は、危うくミルのレバーをへし折りそうになってしまう。眉間のしわを指で伸ばしながら、怒りを吐きだすように深呼吸。

「むしろなぜ怒られないと思うのさ。自分のほうがおかしいって気づくべきだろ」

「お前ごときでは天狗の深い考えがわからぬか。すべてはこの赤子のためよ」

狐は心底うんざりする。朝っぱらから屁理屈《へりくつ》を聞かされるのだから、コーヒーの力を借りなければ平静を保《たも》てそうにない。ケトルの湯が沸くまでのわずかな時間が、今日はやけに長く感じられた。

「あのふざけたパーティーが？　ブレイクダンスを見てはしゃいでいたからか？」

「実華はあやかしではなく人の子なのだぞ。であれば今のうちに、ほかの人間にも慣れさせる必要があるであろう。だからこその、ご近所づきあいよ」

思いのほか真っ当な理屈。宮杵稲は返答に困ってしまう。

しばらく黙りこんだままコーヒーを淹れる作業に没頭したあと、カフェインを摂取して寝起きの頭が冴《さ》えてきたところでふと思い直し、こう言った。

「それにしたって極端すぎるだろ。自分がやりたかっただけじゃないか」

「バレたか。ちなみに今の言いわけは帰り際に千代が考えてくれた」

「君と話していると頭が痛くなってくるな……。そもそも正体を隠す気がないところから一時間くらい説教したい……」

そのうち九里頭どのに呼びだされるのではないか。

しかしあの御仁は黒舞戒のことを特別扱いしている節があり、よほどの揉《も》めごとを起こさないかぎりは大目に見てもらえそうな気配さえある。稲荷のナワバリを追いだされてからというもの叩きあげで成りあがってきた宮杵稲からしてみれば、そういうところも実に腹立たしい。ただでさえ不機嫌なところで余計にむかむかとしてくる。

するとと天狗は見計らったように、おむつを替えたばかりの実華を手渡してきて、

「たまには抱いてやれ。でないと顔を忘れられてしまうぞ」

「この子はそこまで薄情じゃないよ。ほかの人間どもと違ってね」

「だめー？」

実華に無邪気な笑顔を向けられると、口元がついゆるんでしまう。これほど単純な手段で怒りの矛先をそらされるのは釈然としないが、自分の意志とは関係なくむかむかとした気分が四散してしまうのだから、可愛すぎるというのは困りものである。

いやはや本当に、どうしてこんな親ばかになってしまったのか。

赤子を抱えながらコーヒーの最後の一口をすすり終えると、天狗がなにやらレトルトスープのようなものの封を切り、それをこちらに見せながらこう言った。

「お湯を沸かしたついでに、実華にメシを食わせてやってくれ。こやつもようやくミルクを卒業し、今は離乳食を与える時期になっているとは伝えてあったろう」

「ああ、そういえば。人間の成長ってのは早いものだなあ」

「今さらなにを言っておる。仕事にかまけていたらあっという間だぞ」

その言葉は、宮杵稲の胸にちくりと刺さった。

確かに、赤子の成長という得がたい瞬間を見逃している気がする。

「鮭《しけ》と野菜のクリームソース煮。……最近の赤ちゃんはずいぶんと洒落《しゃれ》たものを食べるんだね。この小袋をマグカップに入れて、お湯をそそぐだけでいいのか」

「人間どもは料理というものに異様な執着があるからな。スーパーに行くと実に様々な味つけのものが売られているから面白いぞ。あ、袋に書いてあるとおりの分量だと濃すぎるから、気持ち多めに湯をそそいでおくとよい」

「まったく、いっちょ前に子育ての知恵をつけてるんだからなあ君も」

知らないうちに差をつけられているようで、焦りにも似た感情が芽生《めば》えてしまう。ともあれ言われたとおりに作った離乳食をふーふーと息で冷ましたあと、慎重に赤子の口に運んでやると——ぱあっと、満開の花が咲く。

これほど尊い笑顔を、かつて見たことがあっただろうか。そのあまりの愛おしさに天にも昇る気持ちになり、狐もつられてふふっと笑ってしまう。

「気色の悪いものを見た」

「……うるっさいなあ！　君だって似たような顔をしているだろうに！」

「んなわけあるか。俺はもっとさわやかに笑うぞ」

それこそふざけた冗談だ。

離乳食を食べさせたあと、ご機嫌なお姫様を先日ネット通販で仕入れたばかりのカラフルな押し車に乗せ、狐もまた天狗と向かいあって朝食を取る。キッチンの卓に並んでいるのは、筑前煮《ちくぜんに》、冷奴《ひややっこ》、トマトとレタスのサラダと、ごく平凡な家庭料理。昨夜のパーティーの名残である宅配ピザもあったが、朝からつまむには重いということで、ひとまず冷凍庫で保存することにした。

根本のあやかしとして古くから自然への礼節を重んじる狐と天狗は、しかと手を合わせたのち、「いただきます」と料理に箸をつける。

「大きめに切りわけた根菜がほろほろと崩れ、中からじゅわっと煮汁があふれでる。これぞ俺の愛する筑前煮。むろん肉は群馬地鶏《じどり》よ」

「確かに悪くないね。いつもの料理より塩加減がひかえめで、そのぶん上品な風味になっている。とてもじゃないけど君のような粗野な天狗が作ったとは思えない」

「その言い草が若干引っかかるが、まあ千代に教わったからな」

「……あの、女子高生が？」

「ちなみに最近ハマっているお菓子も、あの娘が自分で編みだしたレシピだぞ。将来の夢はパティシエさんらしい」

「へえ、意外」

ぽつりとそう呟いたあとで、失言だと気づき慌てて口を押さえる。

天狗がにやにやと笑いながら「本人に伝えたらどんな顔をするやら」と言うものだから、なおのことバツが悪かった。

「見ためこそ軽薄きわまりないが、千代はあれでなかなか賢いやつだぞ。俺が天狗だと知っても驚かんくらいには、肝が据わっておるし」

「いったいどんな経緯で知りあったのか、聞いておきたいような聞かないままにしておきたいような……。どうせまた、君が阿呆なことをしたのだろうけど」

「人間にしておくのはもったいないほどの娘であることは、間違いないな。赤子もずいぶんと懐いておるし、あやつのおかげで俺の交友関係もだいぶ広がったわ」

「その件については、今のうちに釘を刺しておきたいところだけどね。実華の世話をしているわけだからある程度は仕方ないだろうけど、君はあやかしなんだから人間と深くかかわりすぎるなよ。本来なら正体を知られるなんてもってのほかなんだぞ」

「なにを言っておる。そんなふうにしていたら人間と共存など図れぬであろうに」

「はあ？　仲良くするなというわけじゃない。正体を隠したまま、適切な距離を取ってつきあえと言っているだけだよ。それがなんでまた、共存なんて大きな話になるのさ」

「俺のほうこそわからんな。お前は、実華と家族になりたいのではなかったのか」

　朝食がてら議論を交《か》わしていたところで唐突に問われて、思わず言葉を失ってしまう。なんでまたこのタイミングで、その話題が出てくるのか。

　宮杵稲はここにきてはじめて、六百年の長きにわたり顔を突きあわせてきた仇敵のことが、よくわからなくなってきてしまう。かつては手に取るように相手の考えが読めて、だからこそなおさら、腹立たしいほどだったというのに。

「忘れたわけではあるまい。今の生活は期限つきのものだ。残り半年かそこらで俺たちは実華のことを、手放さなくてはならなくなる」

「……だから？」

「そのあとで実華がどこで暮らすのかまでは知らぬが、いずれにせよ人間の子なのだから、人間の社会で生きることになるだろう。実際にそうなったとき、お前は遠くからその姿を眺めているだけで満足するのか。あのとき俺に語ってみせた、家族になりたいという言葉は、その程度の思いでしかなかったのか」

柄にもなく、真剣な表情だった。

ゆえに宮杵稲は戸惑い、そして気圧《けお》されてしまった。

「ならばこそこの試練を終えたあとも実華と会えるように、気兼ねなく触れあえるように、あやかしと人間が共存できる社会に変えていかねばならぬのだ」

「世の中はそんなに単純じゃないよ。君がどうにかしようとしたところで――」

「だからといって、なにもせずに泣きべそをかくのはごめんだぞ。お前もあの子のことを思うなら、自分にできることを考えてみよ。都合の悪いことから目をそむけずに、な」

痛いところを突かれた。宮杵稲ともあろうものが、反論するどころか言いわけがましい理屈を吐くだけに終わってしまった。この男の言うとおり、そう遠くない未来についてもっとよく考えるべきなのだ。

カラフルな押し車に乗ってだあだあとはしゃぐ赤子を眺め、それから向かいにいる仇敵の顔をじっと見つめる。阿呆で野蛮な天狗は、もはやそこにはいない。

ああ、変わったのだ。変わってしまったのだ。

たかだか半年の間に。自分が仕事にかまけているうちに。

黒舞戒というあやかしは本当の意味で——実華の親となったのだ。

2

屋敷を出たあとも、黒舞戒の言葉がいつまで経っても頭から離れなかった。

丸ビルのオフィスで定例会議をするころになっても、パワーポイントを使って説明する部下の姿を目で追いながら、まったく別のことを考えてしまう。

宮杵稲とて来たるべき赤子との別れについて、気を揉んでいなかったわけではない。頭の片隅《かたすみ》にはいつも、じりじりとした焦燥がこびりついていた。

『赤子の世話を一年』と露尾から聞かされたときは、長すぎると思った。しかし家族になりたいと認めた今では、あまりにも短いと感じられる。

実華は自分にとって、もはやなくてはならないもの。試練を終えたのちは手放して、遠くから眺めているだけで満足するかといえば、断固として否。どころか手放すこと自体を避けられないものか、ずっと家族でいられないかと、そう願う気持ちだって芽生えている。

あやかしと人間がどれほどかけ離れた存在であるかは、よく理解している。黒舞戒のいうような共存が実現するどころか、決定的に断絶するときが来るかもしれないと、そう危《き》惧《ぐ》しているくらいなのだ。

かつての宮杵稲がそうであったように、人間を毛嫌いしているあやかしは大勢いるし、自らの住処を奪われ恨んでいるものたちも少なくはない。中には『地上の覇権を奪われたのはやつらを侮っていたからだ』『取るに足らぬ存在だからと甘く見ているうちに、足をすくわれてしまったのだ』と声を荒らげ、今こそ古の百鬼夜行を復活させるべきと、物騒《ぶっそう》な弁舌をふるう連中さえいる。そして力のないあやかしを狩る外道な人間どもを見るかぎり、存亡を賭《か》けた戦いを求める彼らの主張もまた、間違ってはいないだろう。

つまるところ、この世は複雑になりすぎたのだ。それゆえに、救いがたい現実がいくつも野放しにされている。あやかしと人間の――自分と実華との間を隔《へだ》てる溝の深さを自覚し、考えれば考えるほど、暗澹《あんたん》とした気分になってくる。

「社長、いかがいたしましょう」

「……ん。ああ、このまま進めていいよ」

部下に意見を求められて、なしくずし的に了承してしまう。議題はかねてからの懸案だった大手広告代理店との継続契約についてだった。あらためて考えなおしたのち、やはり許可して問題ないかと安堵の息を吐く。

しかし会社を立ちあげたばかりのころから辛苦をともにしてきた生《は》え抜《ぬ》きの部下にだけは、気もそぞろだったことを見抜かれていたようだ。白髪まじりのビジネスマンに化けたくだぎつねが、ニヤニヤとした笑みを向けてくる。

「さてはご気分が優れないのですか？　日頃から働きづめなのですから、今日のところは私どもに任せて、羽を伸ばしてきてはいかがでしょう」

「冗談はよせ。ぼくがいないと仕事がまわらないと、いつも泣きついてくるくせに」

「そのような昔の話をされましても。ご無理をされて倒れたほうが困りますよ」

しつこく説得されて、宮杵稲はいよいよ断る理由を失ってしまう。

この部下が本気で心配してくれているのならまだいいのだが、実華の世話にかかりきりで会社から離れていたときにも、若い人間の社員たちに根回しをして自身の勢力を強めていたような男であるから、どうにも信用できない。

内にも外にも敵ばかり。ならば今はまず、会社のことを――。

そこまで考えたとき、宮杵稲はひとつの事実に気づいて、愕然《がくぜん》としてしまう。

自分は無意識のうちに、実華と仕事の両方を、天秤《てんびん》にかけていやしないか。

「そうか。だからぼくは……」

「はい？」

きょとんとするくだぎつねの部下を尻目《しりめ》に、宮杵稲はエレベーターに向かってすたすたと歩きはじめる。守るべき立場があり、目指すべき道があるがために、ぼくはあの男のように、赤ちゃんのことだけを考えているわけにはいかなかった。

だったらまずは、ほかのことについて考えるのはやめてしまおう。

今はただ、実華のために。自分にできることを、探さなくては。

◇

会社を出た宮杵稲はその足で路地裏にいたり、本来の姿――すなわち狐の姿に戻ることにした。つまりそれだけ、急いでいるのだ。

変化を得意とする狐狸のたぐいは、獣としての正体をさらすことが滅多にない。耳や尻尾こそ生やすことはあるものの、人を模した飾り身にこそ自らの本質が宿るという、ほかのあやかしからすれば奇妙にも感じられる考えに、なかば取りつかれているからである。

九尾の一端を継ぐ宮杵稲にいたっては、なおさらその傾向が強かった。ありのままの姿になれば自らが卑しい獣であることを自覚させられるし、まだろくに変化できなかった幼少期の記憶がぶり返し、よりいっそうみじめな気分になる。

しはいえ傍《はた》から見れば本来の姿に戻ったオサキの狐は実に美しく、銀色にきらめく毛並みはさながら天女の羽衣のように見える。ひとけのない路地裏をさらに進み錆《さ》びついた排気口に身をくぐらせると、その先にあるのはうっそうと茂る竹林。現世と幽世《かくりよ》の狭間にある抜け道をとおり、獣となった宮杵稲は、丸の内から高崎までの道のりをひた走る。

今なによりも優先すべきは、猶予を延ばすこと。課題の期限を一年からさらに延長してもらうべく、九里頭と交渉しなければならない。このあたり黒舞戒よりよほど現実的な考えであり、また、手っ取り早い打開策でもあった。

上州あやかしの長ともあろうものが一般家庭から赤子をさらってくるという暴挙に出るはずがなく、裏社会と繫《つな》がりのある人間から譲り受けたか託されたか、いずれにせよやんごとなき事情を抱えた孤児を引き取ったものだと推測される。

九里頭がどのような算段であの子を管理しているのかはよくわからないものの、今のところほかに里親を探している気配はないし、試練という名目で預けたから一年という期限を設けただけで、こちらが望みさえすれば育て続けることはできるはずだ。人間の赤子である以上、いつまでも、というのは難しいかもしれないが……。

屋敷の近くにやってきた宮杵稲は、後ろ足で立ちあがってドロンと変化する。びしっとスーツをキメたビジネスマンに戻ったところで門を叩き、VIP待遇の顔パスで中庭をスタスタと進んでいく。

妖気は抑えていても、長年にわたり染みついた血の匂いまでは隠せない。アポなしで乗りこんだほうが喜ぶ奇特な御仁であるから、相手の所在を探るのは慣れたものだった。

匂いをたどり離れの茶室までやってくると、障子戸《しょうじ》がパッと開き、座敷童のような少年が中から手招きする。一礼してあがると、障子戸は自動ドアのようにピシャリと閉じた。

座布団がふらりと宙を舞い、急須《きゅうす》や杓《ひしゃく》が茶を点《た》て来客をもてなす。しかしあるじのほうは作法もへったくれもなく、銘菓旅がらすをバリバリとかじっている。

宮杵稲は神妙な面持ちで、九里頭と向かいあう。

いざ思《おも》いの丈《たけ》をぶつけると、上州あやかしの長はあぐらをかいてこう言った。

「変更は認められない。期限は一年、その後は別のところに預ける」

「……なぜですか。理由を教えてもらわなければ、納得できません」

「君が納得しようがしまいがどうでもいいよ。わざわざ理由を説明してあげる義理もない。無事に試練を終えることができたなら相応の評価をしてあげる。最初からそういう信用と打算のもとで進んでいた話じゃないか」

相手の言葉はもっともだったが、宮杵稲とて素直に引きさがるわけにはいかない。

しばし無言のままでいると、九里頭がからかうような笑みを向けてくる。

「まさかそこまで赤子に入れこんでいるとはね。じゃあちょっとばかし、余のほうから質問するとしよう。それにうまく答えられたなら、多少の猶予はあげようじゃないか」

宮杵稲はうなずく。今のところ、その条件を呑むしかない。

ただ問題は、どのような問いがなされるかだ。

こういうときの九里頭は、怖い。

「君のそれって本当に愛情？　なんか根本的なところ、勘違いしてない？」

「それは――」

「答えていいとは言っていないよ。早押しクイズじゃないんだから、問題は最後まで聞きなさい。といっても、けっこう長く待たせることになるだろうけどね」

九里頭はそう言ったあと、宮杵稲の反応をうかがうようにじっと見つめてくる。その瞳はガラス玉のように澄んでいて、しかし深い井戸の底のように昏《くら》い。

「赤ちゃんって無邪気に甘えてくるから可愛いよね。自分じゃなにもできないから、世話をしてあげると必要とされていることが実感できて嬉しいよね。でもそれってペットを飼うのとなにが違うのかな。ただ癒《い》やされたい求められたいってだけなら、赤ちゃんに甘えているのはむしろ自分のほうってことにもならない？」

九里頭はまだ、答えていいとは告げてこない。相手が我慢しているとわかっているうえで、その表情を楽しみながら、真綿で首を絞めるように、心の内側にある柔らかい部分を執拗《しつよう》につついてくる。

宮杵稲は、今さらながらに思い知った。目の前にいるあやかしの正体は、蛇なのだと。

「まったく君は、九尾であったころからなにも変わらないな。人間どもを支配してやろうとやっきになっているうちに、自分のほうがころっと支配されて、懲《こ》りずに二回も封印されてしまった。赤子の世話を頼んだのは余だけど、ほかにもやってもらいたいことは山ほどあるのだから、いつまでも家族ごっこに引きずられていたら困るんだよ」

九里頭はそこまで語ると、寒気がするほど優しい声でこう告げた。

「さあ、答えていいよ。君なりの意見を言ってごらん」

ようやく許しが出たのだから、なにか答えるべきだ。

しかしいくら口を開こうとしても、言葉が出てこない。自分の中でも赤子の愛情に対する疑念が広がり、目の前の相手にははっきりと、否定することができなくなっている。

宮杵稲のそんな姿を見て、九里頭は呆れたように笑った。

「早押しクイズじゃあないからね。考えがまとまったらまた来なさい」

最後の最後で情けをかけられた。宮杵稲は結局なにも言えぬまま、九里頭の屋敷をあとにすることになった。

オサキとしての力に目覚めてからというもの、これほどみじめな気分を味わったことはなかった。うらめしげな視線を向けるばかりで、牙をむいて抵抗することさえ、できやしなかったのだ。

◇

――愛情がホンモノかどうかなんて、わかるわけがないだろ。

――だってぼくは誰からも、愛されたことがないのだから。


ようやく絞りだした答えは、実に救いがたいものだった。そのまま告げたところで納得してもらえるはずがない。赤子の世話をする猶予をさらに延ばしてもらうという計画は、早くも暗礁に乗りあげている。

……ああ、実華の顔が見たい。あの笑顔に癒やされたい。心が荒んできているからか、無性に赤子のことが恋しくなってくる。しかし九里頭の言葉が頭にこびりついているがために直帰する気分にはなかなかなれず、それならいっそ会社に戻ろうかと考えてみるものの、赤子の件がうまくいかないからじゃあ仕事、という節操のない自分に嫌気がさしてしまい、結局ぶらぶらと高崎の町をさまよい続ける。

だんだんと腹が立ってきた。

黒舞戒の阿呆に「もっと考えろ」と上から目線で言われ、九里頭には「赤子に甘えるな」と暗に説教された。どちらに対しても言い返すことができなかった自分のふがいなさが、憎くて憎くて仕方がない。やさぐれた気分のまま髙島屋《たかしまや》地下で缶ビールと豚カツサンドを買い、かつて実華を連れてきた高崎公園のベンチでランチを取る。

時刻は午後二時。平日とあってひとけは少なく、主婦や老人の姿がちらほらと見えるくらいである。最悪の一日ではあるものの空はよく晴れていて、ぽかぽかとした陽《ひ》ざしが心地よい。食事を終えたあとも立ちあがる気力が湧かずぼんやりとしていると、

「イケメンさんもサボり？」

はっとして顔をあげると、制服姿の女子高校生が隣に腰かけていた。ゆるパーマにヘアピン。可愛らしいと言ってよい顔立ちだが、それよりも半分寝ているかのような、アンニュイな目つきの印象のほうがずっと強い。

名前は確か、千代といったか。

「……君といっしょにしないでほしいな」

「あ、ごめん。お仕事クビになっちゃったんだね」

「それも違う。自分で作った会社なんだから、リストラされることなんてないよ」

「じゃあなんでそんな顔しているの。サラリーマンの哀愁が漂いすぎじゃん」

「お願いだから、ぼくにかまわないでくれないか。今はひとりになりたくて」

「わかる。あたしもそういうときある」

そう言ったからには退散してくれるのかと思いきや、相変わらず隣に座ったまま宮杵稲

の顔をじっと眺め続けている。天狗の阿呆の知り合いだけあって、この娘も相当に図々しいタイプらしい。どうして今日はこうも、うまくいかないのか。

「悩んでいるならお姉さんが相談に乗ってあげるけど」

「君よりずっと年上なんだけど」

「六百歳だっけ。狐のあやかしなんでしょ」

「あの阿呆、ぼくの正体までバラしていやがるのかよ」

「いっしょに暮らしているくらいだし、やっぱり天狗ちゃんとはそういう関係なの？」

宮杵稲は眉をひそめて、千代の表情をうかがう。意味がわかったところで我慢しきれなくなって、無言でデコピンをお見舞いしてやった。

「……痛いなあ。違うならいいんだけど、ライバルが減るし」

宮杵稲はまたもや眉をひそめて、千代の表情をうかがう。

相手の頬がかすかに赤いのを見てとって、おおきくため息。

あの天狗め、やはり女子高校生をかどわかしていたのか。

「実に趣味が悪い」

「自分でもそう思う。ねえイケメンの狐さん、恋バナしてもいいかな」

「ぼくから言えることがあるとすれば、天狗を追いかけるなんてバカな真似はやめなさいってことだけだよ」

「なんで?」

「あやかしと人間はあまりにもかけ離れた存在だからさ」

そこまで口にしたところで自分と赤子のことを思いだし、宮杵稲は続けて語ろうとしていた言葉を呑みこんでしまう。

——君は可愛がられていると勘違いしているのかもしれないけど、天狗からしてみれば山の動物と戯れているのとそう変わらない。あやかしにとって人間は取るに足らぬ存在なのだから、お互いに恋愛感情が芽生えるなんてことはありえないよ。

これでは九里頭と変わらない。あやかしにとってはもっともな道理。しかし面と向かってそう告げられたとき、自らの心は耐えがたい痛みを覚えたのではなかったのか。

「やっぱり気が変わった。君の話につきあってあげよう」

「え、どしたの急に」

「なんでまたあの阿呆に惚《ほ》れたのか、まずはそこから教えてくれないかな」

「うーんと、顔? やっぱり人間じゃないからびっくりするくらいイケメンだよね。天狗ちゃんと比べたらクラスの男子なんてネギとかゴボウにしか見えないっつの」

真面目《まじめ》に話を聞こうと思った直後に不真面目な理由を語られ、宮杵稲は早くも匙《さじ》を投げそうになってしまう。しかし千代が続けて、

「あと、優しいところ」

頬を染めながらそう言ってきたので、狐は呆気に取られた。

そのあとでなぜだか無性におかしくなって、ククッと笑ってしまう。

「荒くれもので知られ、幾度となくあやかしの女に泣かれるか幻滅されてきたあの天狗が、まさかそんな理由で人間の娘をかどわかすとはね。今のあいつだったらもしかすると、ああも無残に振られ続けることはなかったかもしれないな」

「天狗ちゃんてモテなかったんだ。意外かも」

実際のところは観賞用としての人気はあったものの、だからといって迷惑はこうむりたくないと、距離を置かれることがほとんどだった。当時の評判を知るだけにキラキラした瞳で天狗について語られると、どうにかして千代を幻滅させられないものかと考えたくなる。狐はこういうところが実に、性格が悪いとも言える。

「あやかし界隈でとくに有名なのは、亜里に求婚したときかな。彼女は榛名《はるな》の湖に住む水《すい》妖《よう》で、そもそも山の化身である天狗とは相性が悪かった。なのに無理やり外に連れだそうとするものだから、肌が干からびてしまうと迷惑がられてね。なのにあいつは嫌よ嫌よも好きのうちとかいう、ずいぶんと身勝手な理屈で勘違いしっぱなしで……結局、最後はボロ雑巾のようにけちょんけちょんに罵《のの》られて終わりさ」

「なにそれウケる」

「君も大概ひどいやつだなあ。ちなみに当時からぼくのほうは亜里の相談に乗っていて、そのあとでつきあうことにもなったけど、やっぱりこっちも最後はうまくいかなかったね。湖のほとりで逢引《あいびき》するくらいならともかく、いっしょに水の底で暮らしましょうってなると、さすがにちょっと気が引けたものだからさ」

「ふうん。そっちはそっちでなんだか、悲しい話」

確かに、と宮杵稲も同意する。自分がもし本当に亜里のことを愛していたのなら、あのとき湖の底で暮らす道を選んでいたはずである。陸のあやかしであることをやめて、心の奥底にくすぶっている野心を、かなぐり捨ててでも。

あらためて考えてみれば、なんてことはない。自分は誰かに愛される以前に、誰かを愛したことすらなかったのだ。亜里にせよ最後はすんなりと別れたし、赤子のことだって一時の感情によるもので、そのときが来れば自ら納得して手放すのかもしれない。六百年の歳月を生きているとままならない現実に何度も出くわすものだから、諦めることばかりがどんどん上手《うま》くなってしまう。

「君は、諦めたくない？」

「うん。狐さんみたいにシケた面したくないし」

「なかなか手厳しいことを言う……」

宮杵稲は高々と晴れた秋の空をあおぎ見る。今朝から天狗の阿呆に、続けて九里頭に、あげく最後は人間の小娘にまで打ちのめされてしまった。

千代はなおのこと瞳をきらきらとさせながら、狐にこんな話を打ち明ける。

「あたし、家出してやばそうな連中に絡まれてたときに、天狗ちゃんに助けてもらって。まあ親と喧嘩したからなんだけど、だってパティシエになりたいっつったら猛反対されるんだもん。そりゃお菓子作りにハマったの半年くらい前からだし、ぶっちゃけ普通の大学に行きたくないからってのもあったんだけどさ。でもあたしなりに真剣に考えて、しかもこんなだから相談するのめちゃくちゃ恥ずかしかったのに」

「ぼくとしては、親御さんの気持ちも理解できないではないけど」

「うん、冷静になった今ならあたしもちょっとわかるよ。でも友だちもみんな千代には無理だよーってからかうし、あのときはほんとに孤独だったの。最初から最後まで笑わないで聞いてくれたの、天狗ちゃんだけだったんだよ」

普段はアンニュイな表情で固定されているような娘だったが、黒舞戒との出会いを語るときは気持ちが高ぶっているのか、一転して早口でまくしたててくる。天狗に進路相談をするとはなかなか数奇な運命であるとはいえ、昔から突拍子のない言動で周囲を振りまわしていただけに、あの男が適任ではあったのだろう。

「だけど天狗ちゃん、あたしの話を聞いてこう言ったの。反対されて諦めるようなら、そもそもたいした夢ではないのだろう。俺だったら誰になんと言われようが絶対に諦めん。面《つら》は床でも地面でも転がって手足をばたばたさせて、全力で駄々をこねてみせるわって。

いいのにこのひとマジ残念だなって思った」

「やられたほうからしてみれば、たまったものじゃないしね……」

「あ、やっぱり狐さんなんだ。駄々をこねて許してもらった相手。被害者じゃん」

その言葉についてなにも言わず、ただ鼻で笑ってみせる。今はスーツの袖に隠れているものの、あのとき仲直りの証《あかし》として渡されたシルバーアクセサリーは、今なお宮杵稲の手首で輝いている。正直に言って趣味が悪いし迷惑だったのだが、外しているところを見られるとうるさいので、仕方なく普段から身につけるはめになっていた。

「それで君も、ご両親の前でじたばたしてみたわけか」

「ていうより真剣に話せていたのかなあって、あたしもなってさ。そんなわけで今はなんとかやれているし天狗ちゃん親ともめっちゃ仲良くなっちゃってそれはそれで超めんどくさいんだけど、相手を好きになる理由としちゃ十分だとは思わない？」

「どうだろう。ぼくはそもそも、あいつのことが大嫌いだからな」

宮杵稲はしみじみとそう言った。やたらと押しつけがましいところも、はた迷惑に駄々をこねるところも、恥を知らないところも、諦めが悪いところも、なにもかもだ。

根っこの部分は昔から変わっていないくせに、いきなり優しくなりたいだのなんだのと抜かし、柄にもなく真剣に未来のことについて考えようとしているところなんて、本当に最悪だ。ただの阿呆のままでいるなら侮ってあざけっているだけでいられたのに、必死に変わろうとしやがるものだから、今の自分にとってはいっそう憎たらしく感じられる。

惚れた相手に振られ続けたときのように、あの男はきっと実華のことも決して諦めようとはせず、最後まで悪あがきをし続けるのだろう。みっともなく駄々をこねている姿を思いだすと失笑するしかないが、それにほだされてしまった過去の自分があるだけに、あるいは無理をとおすことだって不可能ではないのかもしれない。

そんなふうにとりとめもなく考えはじめた狐を見て、

「……嘘じゃん。顔に出ちゃってるよ」

千代はそう言ったあと、マックにたむろする女子高校生のようにケラケラクスクスと笑う。腹立たしい小娘だ。絶対に仲良くなれそうにないなと、宮杵稲は仏頂面を作ったまま、つくづくそう感じていた。

3

「お菓子あげるから天狗ちゃんとイチャつきながら食べて。ふたりがいっしょに暮らしているなんて妬《や》けちゃうけど、絵面を想像するとよだれが出ちゃうかも」

なかば強引にクッキーの入った包みを渡され、黒舞戒に負けず劣《おと》らずマイペースな小娘はその場を去っていった。げんなりしながらひとつかじってみると、天狗にレシピを教えているだけあって実に美味で、宮杵稲が普段から食べているような高級洋菓子店のものと比較しても遜色《そんしょく》のない出来だった。

なるほど。人間は見かけによらない。

半年前からお菓子作りをはじめてここまで腕をあげているのならば、相応の努力だって積んでいるはずである。あやかし連中は人間のことを取るに足らぬ存在とあざけるが、短命ゆえに駆け足で前に進んでいこうとする彼らのエネルギーは計り知れないものがある。

千代の恋路がうまくいくかと問われたらやはり無理な気はするものの、相手が天狗であろうと構わずアタックをするのだろうし、たとえ頬を涙に濡《ぬ》らす結果になったとしても、いずれまた別の恋を見つけるに違いない。

六百年の歳月を生きる自分にとっては——瞬《まばた》きをする程度の猶予の中で。

「ぼくは今まで、なにをやっていたのだろう」

変化と妖術に長け、表の世界でも裏の世界でも頭角を現し、今や大勢のあやかしと人間の部下を抱えるきらびやかな存在になったというのに、誰かに愛されたこともなければ愛したこともないというのは、実に虚《むな》しいものだ。焦げつくような野心に駆られ、成りあがろうとあがいていた自分が本当に求めていたのは、あるいはそんなささやかでありふれたものだったのかもしれない。実華と家族になりたいと、切に願うくらいなのだから。

公園のベンチから立ちあがり、晴れ晴れとした空に向かっておおきく伸びをする。会社を背負う身としてはあるまじきことだが、生まれてはじめてのサボりは気分がよかった。己のスタイルを曲げてまで早退したのだから、自分の愛情がホンモノかどうか、あらためて確かめてみるとしよう。

足早に屋敷に帰ってきた狐は、リビングでくつろいでいた天狗に千代からもらったクッキーの包みを投げつけると、

「実華をぎゅっとしたい」

「はあ？　珍しく早く帰ってきたと思ったら、なんだ急に」

時刻は午後三時を過ぎたころ。赤ちゃん的にはお昼寝タイムである。

今さっきようやく寝ついたばかりなのに起こせるかと、天狗は難色を示す。

「……もう、今日はなにをやってもうまくいかないっ！」

しょんぼりした宮杵稲は、赤子の寝顔を見に屋敷の奥へ向かう。事情を知らない黒舞戒はまさしく狐につままれたような顔で、その姿を見送るしかなかった。

実華の部屋のドアを開けると、赤子特有の甘ったるい匂いが鼻についた。嗅覚《きゅうかく》というのは記憶と密接に結びついているものだからか、世話をはじめたばかりのころの悪戦苦闘していた日々がふと脳裏をよぎる。元々ここは飾りきれないコレクションを収納しておくための部屋で、ケージ付きのベビーベッドを置くために片づけなければならないとなったときは、仕方のないこととはいえ、ずいぶんと腹が立ったものだった。

今は中央で眠っている赤子こそが、一番の宝物。

そーっと近づいて眺めているだけで、時間が経つのさえ忘れてしまいそうになる。すやすやと、見るからに気持ちが良さそうな寝顔だ。

しばらくそうしたあとで九里頭の言葉を思いだし、なにをもって愛情とするのか、という問題について再び考えてみることにした。天狗であれば「俺がそう感じているからそうなのだ」くらい言ってのけそうだが、あいにく猶予を延ばすためには明確な答えを出さなければならないし、なにより自分自身がまがいものでなくてホンモノであると、そう確信を得るための根拠を欲しがっている。

要するに、自信がないのだろう。誰かを愛したことも誰かに愛されたこともなく――内も外も敵ばかりで、裏切るか裏切られるかの世界でずっと生きてきたから、かたちのないものを信じることができない。せめて言葉にして伝えてもらえたらと思うのだが、だあとわめくことしかできない赤子にそれを求めるのは、酷というもの。

自分に今できることがあるとすれば、心の内に抱えているこの感情が真なるものであることを願い、赤子にも同じ感情が芽生えてくれるように努力することくらいなのかもしれない。ただ求め、癒やされるだけではなく。

赤子の寝顔を眺めているうちに沈んでいた気分が上向いてきたので、愛らしい眠り姫の額に優しく口づけをしてから、宮杵稲は部屋から立ち去ろうとする。ところがそこで気配を感じたのか、赤子のどんぐり眼《まなこ》がぱちりと開いた。

……あ、しまった。

むやみにちょっかいをかけて起こしたとなれば、黒舞戒に文句を言われるのはわかりきっている。あの阿呆も家事をこなしているうちに稲荷のところにいた意地悪な家政婦のように口うるさくなっているのだ。

「起こしちゃってごめんねー。ほーら、狐のパパたんでちゅよー」

寝起きの悪い実華は今にも泣きだしそうになるが、宮杵稲の顔を見るなりプスンと鼻を鳴らし、安らかな表情に戻った。そして、

「ぱーぱ?」

と、こちらを指さす。

一瞬、なにが起こったのかわからなかった。

理解が追いつくと、驚きのあまり息が詰まりそうになる。

喋《しゃべ》ったのだ。

そして自分のことを――パパと呼んでくれた。

人間の成長は早い。悠長に生きているあやかしからしてみれば、倍速で再生されている映画を眺めているようなもの。とてもじゃないが、追いつけそうにない。

しかし赤子の人生の中でもっとも貴重な瞬間を、幸運にも目の当たりにすることができ

ほんの、ささいな成長である。耳にした言葉を反芻しただけにすぎないのではと、理屈っぽい宮杵稲はそんなうがった見方さえしてしまう。

だとしても今、胸の奥からあふれるように迫ってきて、涙がこぼれ落ちそうになるほど自分を揺り動かしているこの感情は、まぎれもなくホンモノだ。

◇

「お前のほうを先にパパと呼ぶとは、どう考えたって理屈に合わないだろうが」

「親としての威厳が足りないんじゃないの？」

「ぐぬぬ……。ほれ、天狗のパパだぞ。パパと呼んでくれ」

「だーう？」

あからさまに悔しそうな顔で催促する黒舞戒に対して、実華は首をかしげるだけで一向に喋ろうとしない。

その様子を笑いながら眺めていた狐は、ふいに鼻をひくつかせ、

「ていうか粗相していないか、その子」

「確かに臭うな。パパと認めないばかりかこの仕打ち……」

「まあそう拗《す》ねるなって。紙おむつはぼくが替えておくから」

「潔癖性のくせに珍しいな。前々から俺に丸投げしておったくせに」

「苦手なことも克服しておこうと思っただけさ」

「親としての自覚が芽生えたということかの。時間は早いが、このさいついでに風呂で洗ってやるとしよう。湯を沸かしてくるから汚物の処理は頼んだぞ」

あとを任された宮杵稲としては、我が子のためならどんなことでも——という志ではあったものの、いざ紙おむつを替える段になると全身の毛がぶわっと逆立ち、ノリノリでやると言ったことをさっそく後悔してしまう。こんなに可愛い姿をしているのに、中から出てくるものはなぜこうも臭《くさ》いのか。そんなふうに呪詛を吐きながら片づけ終えると、天狗がバタバタと戻ってきてこう言った。

「よし風呂に入るか。お前もさっさと服を脱げ」

「待って、君もいっしょなの?」

「たまには裸のつきあいも悪くなかろう」

「嫌だよ気色悪い」

「これしきのことで恥ずかしがるお前のほうがよっぽどだぞ。それとも鍛えあげられた俺のマッスルを前にすると、貧相な裸体をさらすのがためらわれるか」

黒舞戒は言うなり上半身を晒し、ボディビルダーよろしくポーズを決める。

荒縄のごとく引き締まった二の腕や腹筋は自分にないものだけに目を奪われるのは否定できないが……それよりも上着を脱いだときに漂ってきた汗の匂いを不快に感じなかったことに、宮杵稲は内心で驚いてしまった。この男が一日中、家事に育児にと奔走していた証だからか、それとも生活をともにしていると慣れてくるものなのか——極度の潔癖性だったはずなのに、相手の匂いに顔をしかめるどころか芳しく感じてしまうとは、つくづく今日の自分はどうかしているように思えてくる。

おかげで反論する気力さえ失せてしまい、宮杵稲もまた服を脱いで風呂場へ向かうことにする。赤子をわしゃわしゃと洗ったあとで湯船につかり、最悪だった一日のラストに至福の時間を味わう。つい鼻歌なんぞも口ずさんでいると、

「ずいぶんとご機嫌だな。気を使って損したわ」

天狗がシャンプーで髪を洗いながらぽつりと呟いたので、狐は怪訝《けげん》な顔をする。相手も目をつぶったままこちらに顔を向け、笑いながらこう続けた。

「LINEで千代に言われたのだ。お前がしょげていたから元気づけてやれ、と」

「緊急連絡用にスマホを渡したのはぼくだけど、君が使いこなしていることにびっくりするよ……。山育ちのくせに俗世に染まりすぎだろ」

そんなふうに憎まれ口を叩いてみるものの、情報が筒抜けだったことにバツの悪さを覚えてしまう。こうして風呂に誘ったのも、黒舞戒なりの気遣《きづか》いだったのだろうか。宮杵稲

からしてみれば、ありがた迷惑とはいえ。

「考えろと言ったのは俺だが、まだ時間はあるのだからむやみに焦るな。お前は昔から極端なのだ。めんどうくさいやつめ」

「君に言われたくはないよ」

「俺の羽は黒でお前の耳は白、というより銀か。あやかしとしての色ですら極端に正反対だからのう。しかし世の中は白黒ハッキリ分けられるものばかりではないし、時にはまったく違う色が正解ということもある。実華を育てていると、カラフルな俗世に染まるのも悪くないと思えるぞ」

湯船にぷかぷかと浮かんでいる赤子の濡れた髪を撫でつけながら、宮杵稲はふんと鼻を鳴らす。こういうふうに話を聞いていると、やはり黒舞戒は変わったなと感じてしまう。周りをよく見るようになったというか、融通がきくようになったというか——あるいは優しくなるというのは、そういうことなのだろうか。

しかし自分は前へ前へと進んでおきながら、上から目線で焦るなと諭してくるところは実に腹立たしい。ただでさえ人間の赤子は倍速再生で成長しているのだから、自分だけ悠長に構えていたら、置いてけぼりにされるだけだろうに。

「ぼくには考えなくちゃいけないことが多いからね。君と違って大変なのさ」

「ならば外の些事《さじ》は任せるとしよう。俺は育児に専念する」

まったくどこまでこちらの動きを把握しているのか、黒舞戒は平然とそう言ったあと、自分も湯船に入ってこようとする。足を伸ばしたいからと広めに設計してあるとはいえ、赤子もいっしょのところにさらにとなると、さすがに定員オーバーだ。ざぷんと湯があふれ、天狗と狐はギチギチに詰まった状態で、実華を挟んで向かいあう。

お互いにスペースを空けようともがくたびに肌と肌がぴちゃっと触れあい、こそばゆさのあまりぶるるっと震えてしまう。たまりかねた宮杵稲は不満げに、

「……狭い」

「俺が入ったのだからお前は出ろ」

「君が遠慮しろよ。居候の分際で」

「だーあ？」

そうして三十分ほど意地を張りあったまま、最後はともども桜色に染まって風呂から出るはめになる。白でも黒でもなく、人間の赤子と同じ色に染まるというのが、あるいは今の自分たちが選んだ答えではあるのかもしれなかった。

4

休日。宮杵稲は実華を連れて、故郷である根本の山へ足を運ぶことにした。

黒舞戒に留守を頼むといつになく嬉しそうな顔で「よっしゃ！　ネトフリ三昧《ざんまい》だ！」とはしゃぎはじめるしで不安もおおきかったが、今日のところはすべてシャットアウトして、プライベートの時間を満喫しようと心に決めておく。

外出の目的はいくつかある。ひとつめは実華とふたりだけの時間が欲しかったこと。ふたつめは昨日の件で自分の半生を振り返ってみたくなったこと。そしてみっつめは、今後のことを考えての情報収集である。

九里頭と話したとき、宮杵稲はかすかな違和感を抱いていた。赤子の世話を一年という期間にこだわり、試練を終えたのちは別のところに預ける、というのが揺るぎない条件として語られたのが、どうにも解《げ》せなかったのだ。

そもそも九里頭は、実華を希少な宝として扱っていた。自分たちに育てさせるというのもただの試練ではなく、なんらかの狙いか、計画のようなものがあるのではないか。だとすればこの子は、はたして普通の――人間の赤子なのだろうか？

とくに最後は重要だ。この子が特別な存在だとしたら、相手と交渉するうえでの前提から変わってしまう。だからこそまずは、実華の素性を調べておかなくてはならない。

九里頭の勢力下にあるものを頼れば当然こちらの動きを気取られてしまうので、それとはまったく別の、古くから親交のあるあやかしに情報を求めるべきだろう。稲荷のナワバリを追いだされて以降は足を運んでいなかっただけに里帰りに抵抗があるものの、それを抜きにすれば幸いなことに、こういった事柄《ことがら》に詳しい伝手《つて》はある。

実華とお出かけするために購入したランドローバーから降りると、さっそく山あいの土地特有の澄んだ空気と、濡れた土の匂いが漂ってきた。

桐生川源流林は、森林浴の森日本百選にも選ばれる名所である。天気がよければ見事な紅葉を楽しめたかもしれないが、あいにく今朝からしとしとした雨模様で、赤や黄に染まった木々もどこかくすんで見える。そのうえ湿気を帯びた髪が額や頬にへばりつくので、普段の宮杵稲ならわずらわしさのあまり不機嫌になっていたはずである。しかし今日は実華にポンチョを着せてあげれば、はい可愛い。ひよこ型のフードをつけた姿を眺めて、ひとりでテンションを上げてしまう。

ふもとに車を停《と》めたのちは実華をベビーハーネスに装着し、ためらうこともなく獣道めがけて突き進んでいく。赤子を連れて山の中に入るとなれば人間の場合だと危険きわまりないものの、あやかしである宮杵稲は妖術のたぐいが使えるため、町中を散歩するのと大差ない。虫よけ草よけに、勾配《こうばい》の険しい道であろうとほとんど揺れることのない狐の足取りに、カンガルーの赤ちゃんのように抱かれた実華は気持ちよさそうにあくびをしている。

やがて、ほとんど日も差さないような森林の奥深くへと足を踏みいれる。腰ほどの高さもある草花が侵入者を隔てるように生い茂っているが、宮杵稲の歩みにあわせて頭を垂れるように広がっていき、根本の山全体が強大なあやかしの帰還を歓迎するように、道が拓《ひら》けていく。

「稲荷どもの気配は感じないな。やはりこの山には、もはや誰もいないか」

「だーあ？」

「あいつらは人里で暮らすあやかしなのだけど、そもそもが狐であるから幼子を自然の中で育てるという決まりが、かつてはあってね。ぼくはそういった託児所みたいなところに拾われて……出自が違えど同属だからと、ついでに育ててもらうことになったのさ」

宮杵稲は赤子に聞かせるように呟き、眼前に広がる紅葉と同じ色をした瞳を細める。生まれたときから親がいないという点においては、狐も天狗も実華も、ほとんど同じような境遇だ。

黒舞戒は山の化身であるから根本の自然そのものが親のようなもので、当人もさほど気にしているような素振りはない。しかし宮杵稲は稲荷のもとで育てられ、彼らと行動をともにしていたがために、自分だけに親や兄弟と呼べる相手がいないことに、一抹の疎外感を抱いていた。

みにくいアヒルの子ならぬ、オサキの子。なまじ九尾の一端としての力に目覚めていたのがよくなかったのだろう。最初はただの善意で面倒を見ることにしたのだろうが、稲荷の子らより優秀であることがわかると周囲からひがまれ、無用な軋轢《あつれき》や諍《いさか》いに悩まされるようになった。成長するにつれさらに力をつけ人間たちから多額のお布施を集めるなどして頭角を現していったが、稲荷の長が後継者を決める段になってオサキであることが問題視され、幼いころより折り合いの悪かった兄貴分が選ばれたがために、いよいよ居場所がなくなってしまう。

ナワバリに貢献したところで評価されず、むしろ手柄を横取りされることが増えてくると、宮杵稲は稲荷のナワバリから出ていくことを決意する。新たな長のほうはずいぶんと勝手なもので、いざ稼ぎ頭がいなくなると焦りだし、さんざん引き止めようとしたあげく宮杵稲の心が変わらないとわかると、あしざまに罵りだしこちらから追放してやると吠《ほ》えたてる始末であった。

中には気のいい仲間もいたし、楽しい思い出だってたくさんあった。しかし最後は揃いも揃って新たな長の一派に迎合したことで、宮杵稲はさらに深く失望した。やはり友としての絆《きずな》より、稲荷であるという血の繋がりのほうが強いのかと。

同属である狐のあやかしとでさえ最後はわかりあえなかったのに、彼ら以上にかけ離れた存在である人間の赤子と家族になるということが、はたして本当に可能なのか。そういった不安はいまだにある。

ただ、かつて稲荷のものたちに求め、なのに得られなかったホンモノの愛情を、赤子にもし与えてあげることができたなら——実華という娘に光あふれる道を歩ませ、自身もまた、満たされなかった幼少期の悔恨と決別することができるかもしれない。

「あー！」

「なにか見つけたの、実華」

宮杵稲はその場で足を止める。秋の草花はなおも道を譲るように頭を垂れ、山の動物たちは木陰《こかげ》に隠れて雨宿りでもしているのか、ぽつぽつと水滴の音が響くばかりで、物珍しいものがいるような気配はない。

人間の赤子からすればこれほど豊かな自然を、ましてや紅葉を眺めること自体がはじめての経験だろう。今でも十分すぎるほど刺激的なのかもしれない。

山の奥深くに位置するこのあたりは現世と幽世の境界があいまいであり、人里では存在を維持できないような小さなあやかしたちが生息している。かすかな妖気につられて目を凝《こ》らしてみれば、薄茶色の実をつけたヤマユリとヤマユリの間を、白い綿のような木霊の幼生がふよふよと漂っていた。

実華はそれを指さしてはしゃいでいるようだったので、よく見つけたなあと思いつつ優しくつまみ、鼻先に置いてやる。するとそれを捕まえようとするのだが、なにせ儚《はかな》い存在なので、人間の手で触れることはできない。すかすかと空振りし「うー」と不満げな顔。

宮杵稲はそんな赤子の姿を愉快そうに眺めたあと、かすかな違和感を抱く。

「待てよ。君はこのあやかしが見えるのか？」

「だ」

ぞっとした。強大なあやかしである狐にとっては造作のないことなので失念していたが、そもそも普通の人間は儚い存在に触れることはおろか、見ることさえできないはずなのだ。

と、実華が木霊の幼生をつまみ口に入れようとしたので、慌てて手で払う。

下手をすれば露尾ですら、彼らを捕まえるほどの力はない。人間であれば一昨日こらしめた丸眼鏡の悪党でようやく、といったところだろう。

やはり実華は普通の、人間の赤子ではなかった。

すべての前提が崩れていく。

ただ同時に、一筋の光明が見えてきたようにも感じられる。実華に見鬼の才があるのだとしたら、普通の人間よりはよっぽどこちら側に近くなるからだ。ひょっとしたらあやかしとはそれほど、かけ離れた存在ではないのかもしれない。

宮杵稲は再び紅葉の中を歩きだし、すぐさま、足取りを速めた。ハーネスに収まった実華はがくがくと揺らされ、気分を害したようにぷうと鼻を鳴らす。しかし狐の歩みは一向にゆるむことなく、やがてせせらぎの音が聞こえてくると、浅瀬に向かって滑るように降りていく。

ごつごつとした岩場を縫うようにして流れる小川に、とぷんと足を沈める。すると刺すような冷たさを感じるとともに、出会ったばかりのころに天狗と水浴びをしたことを思いだした。決定的に袂を分かつまでは、それなりに楽しく遊んでいたときもあったのだ。

このまま渓流を登っていくと、現世というよりは幽世に近い、根本の神域にいたることになる。山の気にあてられるほどやわではないかもしれないが、念のため実華の周囲に、空気を清浄に保つまじないをかけておく。

そうして降りしきる雨の中、宙を舞うような足取りで険しい渓流を登り、霧深い山の奥へ奥へと進んでいくと、ふいに視界が開け、広々とした原っぱにたどりついた。

秋だというのに枯葉ひとつない新緑の絨毯《じゅうたん》が一面に敷きつめられており、その先にぽつんと、古めかしい庵《いおり》が佇んでいる。かれこれ二百年はご無沙汰にしていたはずなのに、記憶に刻まれている外観とまったく相違ない。季節が幾度めぐろうとも、たとえ千年の歳月を経たとしても、ここは変わらず在り続けるのだろう。

『――こんなところに人間を連れてくるとは、いったいどういう了見だ』

どこからか、老人のしゃがれた声が響いてくる。

相手の姿はどこにもない。

宮杵稲は平然と進み、庵の軒先に腰をおろす。

「あなたにどうしても、調べていただきたいことがありまして」

なかば朽ちたような庇《ひさし》に語りかける。

かつて根本には山の王と呼ぶべき神がおり、黒舞戒の祖でもあるその御方はこの庵に住んでいた。神話の時代が終わり山の王は現世から旅立っていったが、今なお力の残滓がこびりついていて、庵そのものが付喪神のようになっている。

『あのうつけものが癇癪を起こして出ていったと思ったら、今度はお前のほうが戻ってくるしはな。しかもどうやら、仲良く暮らしていると見える』

「千里眼の力を有していても、見通せない未来がございますか」

『いいや。思いもよらない組み合わせだと感じているのは、お前たちだけだろう。よほどウマが合わなければ、六百年も喧嘩し続けることなどできはせぬ』

宮杵稲は顔をしかめる。神の残滓とはいえ所詮《しょせん》は付喪神なので自分のほうがよっぽど力は上なのだが、幼いころから知られているだけにどうにも苦手だった。

とはいえ実華のほうはと言えば、ハーネスから解放してあげると軒先にごろりと転がり、慣れ親しんでいるはずの狐の屋敷よりも安らいでいるような顔を見せている。

「この子をどう見ますか」

『あるがままに。どこにでもいる、人間の赤子』

「しかし見鬼の才があるようなのです、あるいは、それ以上のなにかも」

直後、ふわりとした風が吹き、軒先の床板がかすかに揺れる。

付喪神である庵そのものが、笑っているのだ。

『赤子は無垢《むく》であるがために、あらゆる色に染まりやすい。そして強い力というのはそれだけ、周囲に影響を与えやすいものだ。たとえなにもせず、そばにいるだけだとしても』

「まさか……」

『この赤子に見鬼の才を与えたのは、ほかでもないお前たちだ』

動揺のあまり、視界がぐらりと傾いたような感覚を抱いてしまう。

宮杵稲は額に手を当て、情報を整理しようとする。しかしいくら頭の中で反芻してみても、きっかけを与えたのが自分たちだとは思えなかった。

『憧憬、執着、あるいは好奇心。近づきたいと願えばこそ、誰もが自らを変容させていく。無垢であればあるほど、その傾向が強く現れよう。お前とてかつてはこう在りたいと願い、今の飾り身をまとうきっかけがあったはずなのだ』

空を舞う幼き天狗の姿が、脳裏をよぎる。宮杵稲はたまらずかぶりを振った。

実華は軒先に横たわりながら、だあだあとはしゃいでいる。自分たちに近づきたいと願ったからこそ、この子は力に目覚めたのだろうか。

『さては九里頭に図られたか。あやつもなかなか懲りないと見える』

いきなり核心に迫るようなことを告げられ、狐はまたもや驚きを隠せなかった。さすがは千里眼。ここまで来るともはや、天晴《あっぱ》れという気分になってくる。

「やはりなんらかの思惑があるのでしょうか。ぼくたちに実華を育てさせること自体に、ただの気まぐれではない、目的のようなものが」

『思惑もなにも今した話のとおりだよ。強大なあやかしに赤子を預け、見鬼の才を持つ人間を生みだす。実のところ、あやつは何度か似たような試みを行っている』

「なぜ、そのようなことを」

『かつて稀有《けう》な力を持った晴明《せいめい》なる男がこの世に現れ、陰陽寮という組織を強大なものにした。皮肉な話ではあるが、彼らとの抗争が激化したからこそあやかしの存在は広く知れ渡り、その中で多くの伝承や信仰が生まれた。……むろんすべてがそうであったわけではないが、当時の繁栄と無関係ではあるまい。畢竟《ひっきょう》、人間の力を恐れるあまり隠れ住むようになってから、あやかしの衰退がはじまったとも言える。文明の発展云々《うんぬん》は、そのあとの話よ』

「しかし見鬼の才を持つ人間が増えれば、それだけ我々に対する影響力も強くなるでしょう。いくら畏れや信心を得て自らの格を上げたとしても、討滅されてしまったら元も子もない。将来的に見れば、不利益のほうが大きくなりませんか」

『だからこそあやかしの手で生みだし、舵《かじ》を取らなければならないのだよ。陰陽寮を――というより人間たちを束ねるものが自身の傀儡《かいらい》であれば、これほど都合のよい話はない』

確かに、今の世に晴明ほどの力を持つ人間が現れたなら、国を牛耳ることはたやすい。

いや、舵を取るということを考えると、なまじ強くなりすぎてもいけないのか。

つまりそれが、一年という期間にこだわる理由。

『九里頭がなぜお前に目をかけていたのか、これでわかったのではないかね。あやつが求めている共存とは、妲己や玉藻がやっていたことに近い。あやかしは人の王になれぬ。だが、人の王を作ることはできるのだ』

宮杵稲は一時だけ目を瞑り、それから実華を見る。

庵の軒先で呑気《のんき》に寝転んでいるその姿は、まぎれもなく普通の赤子。しかし九里頭はこの娘を特別な存在にするべく画策し、自分たちはその片棒を担がされていた。

かねてから抱いていた違和感が線となって繋がり、すべての疑問が解消されていく。九尾の力を継いだあやかしであるがゆえに、かの御仁は自分を重用していた。なのに妲己や玉藻のときと同じ道をたどろうとしていたから、辛辣なまでに釘を刺してきたのだ。

間接的な支配。

それは黒舞戒が説いていた共存の未来より、よほど合理的な考えと言える。

実華は見鬼の才を目覚めさせたのち、やがてこの国の王となる。それは卑しい狐狸であったころの自分が思い描いていたきらびやかな道とそう変わりのないものであり、普通の人間として生きるよりもよっぽど、幸福な未来であるように思える。

しかし――。

「はたしてそれは、正しい行いなのでしょうか」

『誰にとってのだね。あやかしの、それとも人間の？　この赤子にとっての、君にとっての正しさでさえ、捉《とら》えようによっては変わってくるではないか』

静かにそう問われて、宮杵稲はまたわからなくなった。

なにが正しいのか。

なにをもってすれば、ホンモノとなるのか。

いったいどうすれば、この子とともに末永く暮らしていけるのか。

◇

生まれ持った性分はそう簡単に変えられない。

考えたくもないのにあれやこれやと考え、見たくもないのにつぶさに見てまわり、不安の種や粗ばかりを探してしまうのが、宮杵稲というあやかしなのである。おかげでいついかなるときであろうと、心が休まるときがない。

ただ今日にかぎっては、愛《いと》しい赤子を連れて、自然豊かなところに来ていたのがよかったのだろう。庵の付喪神に別れを告げて神域を離れたあと、狐はここに来た理由のひとつを思いだし、しばし周辺を散策することにした。

自分の半生は振り返った。求めていた情報も得られた。しかし実華とふたりだけの時間を過ごすという目的は、ろくに果たせていない。せっかくの休日だというのにちょっと山に登って枯れた爺《じじい》のような庵と話しただけでは、まだまだ全然足りないのだ。

わざわざ訪ねて空振りするよりはマシではあるものの、庵の付喪神に奔流のごとく情報を与えられたばかりに、宮杵稲の頭はパンク寸前になっていた。

そのうちにふっと糸が切れたようになり、気がつけば山頂の切りたった崖《がけ》のうえに立ち、鮮やかに色づいた山々の景色を眺めていた。あやかしとともにいなければまず見られないような絶景を前にして、実華はぽけっとした表情のまま、だあともあーとも言わず、微動だにしない。

宮杵稲はふうと息を吐く。

こうしていると、あれこれと頭を悩ませていることがばからしくなってくる。天狗のやつはずっと山の中で育ってきたから、ああも能天気になってしまったのだろうか。成長するにつれ人里で暮らすことが増え、いつしか自然とともにあることを忘れた自分とは、ずいぶんと対照的である。

昔から、山というものが嫌いだった。

自然の中で暮らすことが、嫌だった。

獣であることが、みじめに感じられた。

九尾のようになりたかった。きらびやかな存在でいたかったのだ。

なのに今こうして泥にまみれ、雨風に吹かれ、自分とはかけ離れた人間の赤子と雄大な景色を眺めていると、気分がすうっと、楽になっていくように感じられる。

不思議なものだ。

六百年も生きていると、嫌いなものですら、どこか愛おしく感じられる。

変わりたいと願わずとも、生きているかぎりは否応《いやおう》なく、自らの在り方を変えられてしまう。天狗の阿呆が優しくなりたいと願うように、自分が愛情というものを知りたくなったように——実華もまた食べることを覚え、言葉を覚え、どころか見鬼の才にまで目覚めてしまった。自分たちと暮らしていたから、あやかしに育てられたから、より近くに在りたいと、そう願って。

しかし時の流れとともに世界もまた移ろいでいくから、いつまでもこの関係が続くことはありえない。試練を終えたら実華はあの屋敷を離れ、どこか別の、人間の世界で暮らしていくことになる。少なくとも九里頭はこの子を宝物のごとく丁重に扱うはずだから、その先にはきっと、幸福できらびやかな道が続いているはずだ。

「ぱーぱ？」

実華が甘い声で呟き、宮杵稲はふっと笑う。

心の隅々《すみずみ》までじんわりと熱が広がり、それが火花となって一気に燃えあがる。六百年の時を経てようやく芽生えた愛情は、純粋であるがゆえに苛烈《かれつ》であった。

――冗談じゃない。納得できるか。

この子はぼくのものだ。ぼくが愛し、ぼくのことを愛してくれた、かけがえのない家族なのだ。それを手放してなるものか。ましてや九里頭の道具として、低俗きわまりない世界のために奪われることなど、絶対にあってはならない。

九里頭やほかのあやかしが、あるいは人間たちが、ぼくとこの子を引きはがそうとするのなら、全霊をもってあらがってやろう。この世界や、時の流れが、かけ離れたもの同士は家族になれないと嗤《わら》うなら、いかなる道理であってもねじふせてみせよう。

宮杵稲は、獣のように吠えた。山の気がその心に同調し、ごろごろと雷雲がうなりをあげる。雨が一段と激しくなり、眼下に広がる紅葉を覆《おお》い隠《かく》していく。

狐の変わりように怯《おび》えているのか、胸の中で赤子がわんわんと泣きはじめた。

しかし、止まらなかった。止まれなかった。

優しさではない。強くなりたい。

あやかしと人間の間に横たわる深い溝を飛び越え、愛する我が子と末永くともに暮らせるように、この世のありとあらゆる障害を、ままならない現実を、粉々に壊してしまえるような、そんな強い存在に――親に、なりたい。

暗雲に包まれていた空が真っ二つに割れ、まばゆいばかりの陽光が降りそそぐ。それはさながらスポットライトのように宮杵稲と赤子を照らし、雨露に濡れた姿をきらきらと瞬かじる。そうしているとやがて内側からあふれてくる力が制御できなくなり、美しい飾り身に獣のごとき耳が生えてくる。銀色の毛に包まれた尾もまた、晴れわたる空に向かって、光を求めるように伸びていく。

その数、九本。

宮杵稲はもはや、オサキではなかった。

卑しい狐狸のように一筋の尾しか持たない、ただのあやかしではなかった。

かの大妖と同じ、あるいはそれ以上の存在に、変貌《へんぼう》を遂げていた。

「待っていろよ、九里頭。ホンモノの愛情というものを見せてやる」

宮杵稲は空を舞った。

勇ましく、悠然と、まばゆいばかりに輝きながら。

◇

「ただいま。君にいい知らせがありそうだよ」

「ふむ」

夜になってから帰宅すると、黒舞戒はリビングのソファに座ったまま、おかえりの挨拶もせずに短い相づちを返してくる。無愛想《ぶあいそう》なところは普段どおりなのだが、その仕草がどことなくわざとらしく見え、宮杵稲ははてと首をかしげる。

とはいえそれなりに疲れていたので深く考えず、胸に装着していたベビーハーネスを外したあとで、実華を天狗に預けた。さすがに遠出して疲れたのか、赤子は今やぐっすりと眠りこけている。狐も同じようにソファに座り一息ついたあと、

「九里頭どのに頼んで、試練の猶予を延ばしてもらった」

「お、マジか。ならばひとまず安心だな」

この報告には黒舞戒も、心底嬉しそうに破顔する。

宮杵稲は珍しく仇敵に満面の笑みを向けると、さらに続けてこう言った。

「それだけじゃないよ。うまくいけば一年二年と言わず、もっと長く実華といっしょに暮らせるかもしれない。ぼくたちが望むかぎり、永遠に」

「……なんだと？　そこまで認めてもらえたのか」

「もちろん無条件ってわけにはいかないけどね。ぼくとしてもけっこう強引に頼んじゃったから、そのために色々とやらなきゃいけないことがある。しばらくは外に出ている日が増えるだろうけどまあ、こっちでなんとかやっておくよ」

「了解した。家事と育児のほうは任せろ」

そう告げると、黒舞戒はふうと息を吐いた。この男も自分と同じかそれ以上に気を揉んでいたらしく、寝息を立てている実華を愛おしげに抱きかかえる。

八手《やつで》の葉のように大きな手のひらで赤子の頭を撫でつけているところは荒くれ者の天狗らしからぬ姿ではあるものの、育児をはじめたばかりのころとは比べようもないほど慣れた手つきになっている。そんな姿を見ているとつい茶化《ちゃか》してやりたくなって、

「吾も仲間に入れてもらいたい？　家族の」

「俺がいなければ紙おむつも替えられんくせに、なにを今さら」

「苦手は克服したよ。それにここはぼくの屋敷で、実華はぼくの子だ。悔しかったらパパと呼んでもらえるように努力するんだな」

「すぐにそうやってマウントを取りにきやがるんだからな。めんどくさいやつめ」

その点については自覚があるだけに、否定できない。しかし懸念だった問題をあらかた解決してきたのだから、大目に見てもらいたいところである。

結局のところ九里頭もひとりの老妖にすぎず、こちらがさらに力をつけてしまえば、簡単に黙らせることができた。俗世がいかに複雑になろうとも、あやかしの掟《おきて》は変わらない。弱肉強食。ゆえに、盛者必衰。

宮杵稲の瞳の奥には再び、ギラギラとした光が宿るようになった。しかし黒舞戒がその変化に気づいた様子はなく、ぽりぽりと頭をかきながらこう呟いた。

「まあそれだけ機嫌がよいのなら、壺のひとつやふたつ気にせんでもいいか」

「うん？」

意味がわからず聞き返すと、天狗はぷいと顔をそむけた。

見るからにバツが悪そうな表情で、どうにもいやーな気配が漂ってくる。

狐ははっとして、リビングの隅に目を向ける。

ここに飾ってあるコレクションのうち、壺といえば花台に載せてある——。

「ああっ！　古伊万里の沈香壺《じんこう》がっ！」

上半分くらいが見事に欠けた壺を眺めて、宮杵稲はへなへなと床に頽《くずお》れてしまう。

近頃はだいぶマトモになったから油断していたが、やはり阿呆は阿呆のまま。こういうところこそ直してほしいのに、やらかした張本人は悪びれもせずに肩を叩いてくる。

「そう騒ぐな。俺はこう見えてパズルが得意なのだ」

「瞬間接着剤で直そうとするんじゃないっ！」

たまりかねて頬をぎりぎりとつまむと、天狗はあだだだっ！　と悲鳴をあげながら土下座しようとする。まったく……今さら反省してみせたところで遅いだろうに。壺にせよほかのなにかにせよ、一度でも壊れてしまったら簡単には直せないのだから。

そう、この世には取り返しのつかないことが多すぎる。

宮杵稲はこののち、身をもってそれを痛感することになる。

第四話

天狗、山に帰る

1

黒舞戒は目を覚ましたとき、根本の山にいないことを不思議に思うときがある。甘ったるいミルクのような匂いを嗅《か》ぎ、窓の外から流れる朝の時報に耳を傾け、傍《かたわ》らで寝息を立てている赤子の姿を眺めてようやく、自分が人里で暮らしていることを思いだすのだ。

季節は冬、実華の世話をはじめて九ヵ月が過ぎたころ。今ではケージつきベッドが窮屈になってしまったので布団を敷いて添い寝しているのだが、こうしているとより近くに赤子の存在が感じられ、起床するのがもったいなくなってくる。パステルピンクの寝巻きを着た実華はまるで、湯たんぽのようにぽかぽかと温かい。

とはいえ宮杵稲の朝は早いし、食事の用意はまだかと催促されるのも癪である。真っ白な壁にかけられたピーターラビットやスヌーピーのイラストにあくびを向けたあと、花柄のカーテンをえいやっと開き、赤子の頬をつんつんと突いて優しく起こしてやる。

慌《あわ》ただしいながらも、普段どおりの一日。

赤子の世話にかまけているうちに、いずれは山で暮らしていたことさえ忘れてしまうかもしれない。それほどまでに今の暮らしは刺激的で楽しかった。できれば末長く続いてほしいと、そう願わずにはいられなかった。

しかし後生大事に抱えているものほど、ふとした拍子《ひょうし》にあっさりとすべり落ちてしまうものである。いわばこのゆるやかな時間は、嵐《あらし》の前の静けさにすぎなかった。

◇

「今日はパンの気分だったんだけど。冷蔵庫に新しいジャムを入れておいたのに」

「知るかぼけ。こっちは赤子の世話で忙しいのだ」

毎度のことのように注文をつけてくる宮杵稲をあしらいながら、黒舞戒は納豆ご飯を実華に食べさせる。ひきわりのものを選んでおけばいちいち潰さなくてよいし、必要な栄養素が揃っているため離乳食として優秀なのである。なにより自分たちにも同じものを用意すればいいだけなので手間いらず。匂いが嫌だとかねばねばしたものは食いものじゃないとかほざくやつのことなんぞ知ったことか。嫌なら自分でパンを焼いて食え。

今となっては赤子よりよっぽど好き嫌いが激しい狐にいったん子守を任せ、皿洗いや洗濯ものといった細々とした家事をすませてから、リビングのソファでくつろいでいるところに再び合流し、天狗はふうと息を吐く。普段であればもうちょい落ち着かないのだが、幸いにも今日は祝日で、狐が実華を見てくれるぶんいくらか楽ではあった。

そのあとはお互い寝ぐせをつけたまま、同じようなパジャマ姿でテレビを見る。肌触りのよいシルク製で、宮杵稲は紺のほかにグレーをストックしておいたのだが、黒舞戒がめざとくクローゼットの中から見つけ、勝手に着用しているわけである。おかげで並んでいるとペアルックのように見えるものの、当人たちはまだその事実に気づいた様子はない。

やがて十時を過ぎたころ。狐がおおきく伸びをしてこう言った。

「さて、そろそろ動きだそうかな。たまにはどこかに出かけようよ」

「外は寒いぞ。今日は風も強いし」

「山育ちの天狗らしくもない。引きこもってばかりでいると豚になるぞ」

「うーぢゃににゃるどー」

実華も近頃は一丁前に喋るようになり、時折こうして宮杵稲の真似をするのである。その仕草は可愛さあまって憎さ百倍。ぷにぷにの頬をつねってやろうかと思う。

出かけることに了承したわけでもないのに狐が準備をしに部屋へ戻ったので、天狗もまた一日中屋敷でだらだらすることを諦め、パジャマから着替えることにする。リビングの隅に畳んだまま放置してあったブラウンのスラックスと黒いカットソーを手に取ると、ぽけっとした顔でテレビを眺めていた実華がソファからひょいと跳び、てこてことこちらに近づいてくる。

まったく、ついこの間までハイハイしかできなかったのが嘘のようである。いきなり立ちあがったかと思えば、あっというまに二足歩行に進化してしまった。

赤子の成長は好ましいこととはいえ、ちょいと目を離した隙《すき》にベビーサークルを乗り越えて部屋から出ようとするし、トイレに行くときもあとをついてくるしで、行動範囲が広くなりすぎて厄介なことこのうえない。狐のやつが言うところによると実華には見鬼の才があるというし、そのうち自力で妖術を編みだして空を飛びはじめるのではないか。

「できれば手のかからない子であってほしいのだがな」

「あーう？」

もそもそと着替えながらため息を吐く黒舞戒に向かって、実華は不思議そうに小首をかしげてみせる。その能天気な面構えを見るに、六百年の歳月を重ねた天狗ですら想像できないような問題行動を次々と起こし、この先もさんざん頭を悩ませてくれるのだろう。それが恐ろしいような、楽しみでもあるような。

いずれにせよ、お姫さまが外出するというのなら、できるかぎりおめかししてやるのがお世話係の務めである。自分の格好には頓着しない黒舞戒とはいえ、実華の衣服を選ぶのは存外に楽しく、今日はアカチャンホンポで仕入れたばかりのモコモコケープを着せてやろうかと、いったん奥の部屋に戻ることにした。

◇

外出すると言いだしたものの、行きたいところがあるわけではないらしいので、実華を片手に抱えた宮杵稲と並んで、黒舞戒はあてもなく町内を散策することにした。

本日の天気は快晴、つまり絶好のお出かけ日和——ということもなく、北西から冷たい風がびゅうびゅうと吹いている。いわゆる上州のからっ風と呼ばれるもので、この季節風の影響もあって群馬の冬は呆れるほどに寒い。妖術で冷気を軽減することもできるのだが、みだりに使うのは軟弱者、という風潮があやかしたちの間ではあり、結局はやせ我慢しなくてはならないのである。

黒舞戒はさっそく外に出たことを後悔し、カットソーのうえに羽織《はお》ってきたダウンジャケットのジップを閉めた。これまた宮杵稲のクローゼットから拝借した、モンクレールの白いやつである。隣を見れば狐も似たようなダウンジャケットに身を包んでおり、違いがあるとすれば胸元のロゴがでかいかそうでないかくらいなのに、ただでさえ高価なハイブランドの品をなぜいくつも買《か》い揃《そろ》える必要があるのか、理解に苦しむところである。しかしそういうところが、収集癖のあるこの男らしかった。

例によって意図せずペアルックになっているものの、そうでなくとも天狗と狐が人間の赤子を連れて歩いている様は周囲の目を引いてしまう。なにせお互い長身で、かたや彫刻のごとく精悍で、かたや美人画のごとく麗しい。そんな毛色の異なる美丈夫が並んで歩いていれば、正体があやかしだと知らない人間であろうとも、つい振り返って二度見してしまうのは当然のことであった。

黒舞戒はそうした反応をまったく気にする素振りはなく、通行人とすれ違うたびに愛想よく手を振ってみたりするのだが、宮杵稲のほうは好奇の視線を向けられること自体には慣れているとはいえ、赤子を片手に抱え仇敵と並んで歩いているときだけは、どこかくすぐったくなるような気恥ずかしさを覚えてしまう。

寂れたビルを縫うように延びるレンガ道を進んでいくと、ただ二度見されるだけでなく、声をかけられる機会が増えてくる。

しかも天狗は通行人たちと初対面ではないらしく、

「おい兄ちゃん！　あんたのおかげで先週のＧＩは大当たりだったぜ！」

「10―9《テング》！　縁起のいい数字と言えばこれしかなかろう！」

「あらあら天狗さん、この前はいっしょに探してくれてありがとうねぇ」

「猫というのはどこに行くかわからんやつばかりだからな！　迷子になったらまた言うのだぞ！　獣のたぐいはほとんど俺の眷属《けんぞく》であるがゆえ！」

見るからにカタギの人間ばかりだというのに、黒舞戒に正体を隠そうという意識はまったくない。宮杵稲は能天気に笑う仇敵を見つめながら、トゲのある声で言った。

「知らないうちにずいぶんと交友関係が広くなったな。いつぞやのライブにしてもそう、どうやったらそんなにたくさんの人間と親しくなれるんだい？」

「特別なことはなにもしておらんけどな。やろうと思えば誰だってできるだろ」

「そんなわけあるか。ぼくは君より長くこの町で暮らしているのに、人間の知りあいなんてひとりもできなかったぞ」

「お前はツンツンしていて絡みづらいからなあ。友だちがいないのは日頃の行いが悪いからであろうに」

「せめて近寄りがたいと言ってくれないかな。あと人間の知りあいが少ないだけで、あやかしの友人ならそれなりにいるからね？」

「千代のやつとは親しくなれたようだし、まずはその仏頂面をやめてみればいいのではないか。人間なんぞどいつもこいつも、六百年の歳月を生きる俺たちからしてみれば童のようなもの。実華が成長したらこうなると思えば、多少は可愛く見えてくるかもしれんぞ」

納得がいかなそうに鼻を鳴らす宮杵稲であったが、一方の黒舞戒は内心でほほえましく感じていた。人間の友だちが多いことを暗に羨ましがるとは、堅物の狐も心境が変化しつつあるらしい。お互いに共存するなんて不可能だ、という悲観的な考えを捨て、実華と末永く暮らしていくためになにができるかということと、真剣に向きあおうとしているからだろう。

実華を正式に引き取ろうとしたときに、上州あやかしの長である九里頭に対してかなり強引にやりあったという話も、露尾から密かに伝え聞いている。それほどの覚悟を見せたことを天晴れと思う一方、今の生活を続けていくために、あやかしとしての立場を危うくさせてしまった事実を歯がゆくも感じていた。

自分にはできない、宮杵稲だからこそ成せたことだけに――埋めあわせというと聞こえがよくないが、仇敵が犠牲にしたものの代わりに別のなにかを与えてやれないものかと、陰《かげ》ながら見守ることしかできなかった黒舞戒としては、つい考えてしまうわけである。

「急に黙って見つめないでくれよ。キモいから」

「きおいかあ！」

「悪い言葉を使うな。お前はどうでもいいが赤子に真似されると傷つくだろ。……それはさておき、今日やることが決まったから付き合ってもらうぞ」

「予定はないから別にいいけど、なにをするつもりだい」

実華を優しく抱え直しながら宮杵稲が聞き返したので、黒舞戒は携帯端末をいじくりながらにやりと笑う。それからいつになく得意げな顔で、こう言った。

「人間と親しくなることなんぞ楽勝だと教えてやる。ビールの力を借りればな」

「ちょっと待て！　あの馬鹿騒《ばかさわ》ぎをまたやるつもりか！」

「みんなで餃子《ギョーザ》を作りながら半裸で踊りまくるのだ。きっと楽しいぞ」

正気の沙汰《さた》とは思えない提案に血相を変えて反対する狐であったが、いつも以上に強引な黒舞戒に押しきられてしまう。最終的には酒に弱いところを突かれてさんざん盛りあがってしまったので、どちらの言いぶんが正しかったのかは明白であった。

◇

ところが、である。

冬の寒さが険しくなっていく中でもほっこり和やかな日々を過ごしていた黒舞戒の心中を、急転直下で悪化させるほどの難敵が突如として現れた。

『――子どもたちの未来を守りたい。桜葉《おうば》、水丸《みずまる》。桜葉水丸に清き一票をー！』

「守りたいならわめくな、この阿呆が！」

選挙カー、来襲。

宵華はこのスピーカー音声と相性が悪いらしく、近くの道路を通るたびに癇癪を起こすのだ。

そもそも、国政も民主主義も知事選もろくに知りようがない根っからの山育ちである天狗からしてみれば、政治家という連中がなぜこうも脈絡なく綺麗事《きれいごと》を説いてまわるのかさっぱり理解できない。これ以上煩わしい思いをさせられるのは我慢ならないと奮起し、どこに文句を言えばいいのか教えろと露尾に電話をしたところで、兄さん落ち着いてくださいと、高崎駅近くのロイヤルホストに呼びだされることとなった。

せっかくなので三時のおやつとして実華に米粉のぷちパンを食べさせつつ、露尾の説明を黙って聞いていた天狗は、最後に納得したようにこう呟いた。

「なるほど。人間どもの社会というのは複雑怪奇極まりないな」

「くわわりわいなー！」

「言うて小学生の社会科レベルの内容ですけどね」

選挙の仕組みについて本当に理解できているのか怪しい黒舞戒と、パパさんの真似をしているだけの実華を眺めながら、露尾は喋り疲れた喉をコーラで潤《うるお》しながら肩を落とす。

九里頭の家来の中でも若く、変化の術が苦手なために帽子やパーカーのフードで頭の皿を隠しているような河童ではあるものの、露尾という男は裏社会の事情に精通しており、ことのほか抜けめがない。今日もチャンピオンのスウェット上下にヤンキースのキャップという田舎の不良めいた佇まいであったが、プラダの黒いスーツを着崩した伊達男にして天と地ほどあやかしとしての格が違う天狗に対して、なかば諭すようにこう言った。

「とにかく桜葉センセにちょっかいをかけるのだけはやめてください。ただでさえ狐の兄さんが今ちょっと、九里頭サマとピリッとした感じなんですから」

「俺はやかましい人間に文句を言ってやりたいだけだぞ。だのになぜそこであやかし界隈の話が出てくるのだ」

「そりゃ桜葉センセと裏で繋がっているからですよ。あやかしだって人間の社会で暮らしている。ただし選挙には参加できません。となればウチらの味方になってくれる政治家さんに、あれやこれやと根回しするしかないでしょうに」

「ふむ……。またしてもややこしい話になってきたな」

「言わんとすることはわかります。無茶な理屈であるのは承知のうえですが、あやかしにも参政権があったとしたら、黒舞戒サマに出馬してもらいたいくらいなんですけどね」

「まあ俺は強いからな。とはいえ、あやかしの長になるならまだしも人間どもの社会を管理するとなると、面倒くさいしがらみがついてまわりそうで嫌だ」

　確かにと、露尾もその言葉にうなずいてしまう。なにせ人間の社会は複雑怪奇だから、単純な力や度胸だけではどうにもならないことのほうが多い。

　そういう意味ではむしろ、

「宮杵稲サマのほうが向いているかもしれませんね。いつぞやの餃子パーティーのダンス動画がバズって以降、アイドル的存在として近隣の主婦層に大人気らしいじゃないですか。さすがは九尾の力を継ぐ大妖といったところです」

「最近じゃ女子中高生にもキャーキャー言われとるらしいな。まったく、あの性悪のどこがいいのかさっぱりわからんのだが」

「そもそも人間の友だちを増やそうと計画したのは黒舞戒サマでしょうに。さては自分よりモテるようになったから悔しいんですね……」

実際のところは男同士で赤子を連れて歩く仲睦《むつ》まじい姿や、往来で痴話喧嘩《ちわげんか》めいたじゃれあいをするところを目撃され、『ふたりはセットで尊い』だなんだと騒がれているのだが、当人たちは知る由もなし。いずれにせよ今の高崎市において、あやかし界隈のみならず人間の世界においても、天狗と狐のコンビはいよいよ存在感を増しつつあるのだった。

むしろ、目立ちすぎている、と言えるかもしれない。強大な力があるといえど、あやかし全体や人間の社会を牛耳る政治家たちに目をつけられたなら、黒舞戒や宮杵稲とてこれまでのように能天気に構えてはいられなくなるだろう。

なにかと心労が多い露尾はため息を吐き、最後にこう忠告した。

「とにかく、黒舞戒サマもあんまハメを外さないでくださいよ。あやかしにせよ人間にせよ誰も彼もが気のいい性格ってわけじゃないんですから、難癖《なんくせ》をつけてくる輩《やから》が出てくるかもしれませんし」

「案ずるな。そのような不届きものはみな返り討ちにしてくれよう」

「だからそういうところが心配なんですけど……」

露尾の言葉を素直に聞きいれたわけではないが、さすがに天狗も怒りに任せて選挙カーに稲妻の一撃を落とすような真似はしなかった。

そのかわり、お菓子作りに没頭した。

◇

世間は師走、クリスマスが間近に迫っている。サンタさんとして実華にプレゼントを渡すのはもちろん、町内の人々にも日頃の感謝をこめてお菓子を配ろうと思いたったのだ。

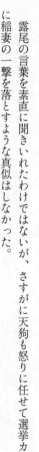

試作としてアップルパイやフォンダンショコラ、ドライフルーツたっぷりのシュトレンなどを作ってみたが、結局もっとも評判がよかったのは実華も食べられるようにと、砂糖バター不使用で作ったさつまいもスティックであった。ほかの焼き菓子と比べると手の込んでいない実にシンプルなレシピだったが……いつぞや天狗が居酒屋で食べたもつ煮がそうであったように、案外そういった肩肘《かたひじ》を張っていない素朴な仕上がりがよかったのかもしれない。

普段はまったく褒めない宮杵稲が「けっこういけるなあこれ」とぽりぽりつまみだしたかと思えば、お菓子作りの師匠ともいえる千代に渡してみると「今ダイエット中なんだけど、さつまいもなら野菜だしカロリーゼロみたいなもんよね」と、よくわからない理屈とともにハムスターのごとくたいらげてしまった。

黒舞戒はたいそう気分がよくなった。自分からなにかを分け与えるのは喜ばしいことだと、六百の齢を経てようやく気づいたのだ。

そんなこんなで再び和やかな心を取り戻したころ、やかましいことこのうえない選挙とやらがようやく終わり、桜葉なる輩が危なげなく当選したことを露尾から伝え聞いた。なんでもゆくゆくは総理大臣と目されるほどのやり手らしい。国政の中枢にあやかしの息がかかった政治家が紛《まぎ》れこんでいるとなると、九里頭が上州のみならず日本の覇者になる日は近いのかもしれない。

「まあ……今の俺には関係のないことだが」

「だーう？」

黒舞戒は屋敷のキッチンでお菓子作りに精を出しながら、ちゅぱちゅぱと指を咥《くわ》えている赤子に話しかける。山を降りてきたばかりのころは上州あやかしの覇者となると息巻いていた天狗も近頃ではすっかり丸くなっており、慎《つつ》ましいながらもぽかぽかと暖かい生活が続くことだけを願っていた。

天狗サンタさんになるといってもめぼしい相手にはあらかた焼き菓子を配ってしまったので、散歩がてら渡していないやつを探すことにする。その日は群馬の冬にしては珍しく気温が高く風もなかったため、アーガイル柄のニットセーターのうえにテアトラの黒いナイロンコートを羽織って外に出る。オフィスワーカー向けの高機能アウターという代物らしいのだが、内部で仕分けされた大ぶりのポケットにものをどかどかと突っこめるため、主夫にとっても便利なのだ。

師走の空は雲ひとつなく青々としていて、眺めているだけで気分がよくなってくるようだった。しかしふいにざわりと胸騒ぎがして、黒舞戒は背後を振り返る。あとになって思い返すと、虫の知らせというやつだったのかもしれない。

町内をぶらついたあと、やがて新たにできたばかりの私立高校の前を通りがかった。球児たちが泥まみれになって白球を追いかけている。その姿はどこか野山を駆けまわる動物を思わせ、懐かしさのあまりつい顔をほころばせてしまう。

「いい学校でしょう。最新式のナイター設備まであるんですよ」

「ぬおっ!」

振りかえれば隣に、四十歳すぎとおぼしき男が立っていた。ビジネス誌の表紙を飾れそうな愛想笑い。完璧《かんぺき》すぎて嘘くさくも感じられるような、紳士然とした佇まいだ。

スーツの色味こそ無地のブラウンで地味に見えるものの、驚くほど仕立てがよく身体にフィットしている。たぶんオーダーメイドだろう。宮杵稲からことあるごとにうんちくを聞かされてきたせいで、相手の身なりで社会的地位がわかるようになってしまった。

「こんにちは。今日は絶好の散歩日和ですね」

丁寧な会釈に慣れていない黒舞戒は、いきなりコートのポケットに入れておいた焼き菓子を渡してしまう。しかし男はさして気にした様子もなく「いただきます」と言ってぽりぽりと食べはじめた。

黒々とした髪をワックスで固めて後ろに流しており、頬が骨張っているからか岩のような印象を受ける。しかし鼻筋は高くまっすぐで、知性を感じさせるまなざしと相まって色男に見えなくもない。天狗である自分に負けないくらい体格がよく、特徴的な顔つきだけにすぐ思いだせそうなものなのに——はたしてどこのどいつだったか。

赤子を抱えた黒舞戒が首をかしげる一方、さつまいもスティックを食べ終えた男はハンカチで上品に口もとをぬぐう。そしてサンタクロースのイラストが描かれた菓子の包装紙を指でいじりながら、楽しそうに言った。

「もうすぐクリスマスですからねえ。あなたもそちらのお子さんにプレゼントを渡すのでしょうか。聡明《そうめい》そうなお顔に、どことなく気品も感じられる。成長すればさぞかし美しいお嬢さんになるでしょう」

「そりゃ俺の子だからな。血は繋がってはおらんが」

「なんと、複雑な事情がおありなようで。言われてみれば確かに似ていませんね」

男は驚いたような顔を見せたあと、慇懃な態度のわりにずいぶんと不躾《ぶしつけ》な感想を述べた。あやかしと人間ゆえに共通点などありようもないのだが、事実は事実としても面と向かつてはっきりと言われると、釈然としないものがある。

しばし微妙な沈黙が流れたあと、男は出しぬけにこんなことを言ってきた。

「もしお許し願えるのなら、その子を抱かせていただいてもよろしいですか？　大変可愛らしい娘さんですし、私も一度は父親になったことがありますので、初めて我が子に触れたときのことを思いだしてみたいのです」

馴れ馴れしいやつだと思いながらも、社会的地位が高い人間であれば往来でおかしな真似はしないだろうと、黒舞戒は渋々《しぶしぶ》ながら実華を預けた。知らない相手であれば普通は暴れるかぐずるかするものなのだが、赤子が思いのほかあっさりと受けいれたので、やはりこの男と自分たちは初対面ではないらしいと考える。

「やはりしっくり来ますね。見てくださいこの笑顔」

「あーうー？」

「さきほど申しあげたように、私にも同じくらいの歳《とし》の子がおりまして。しかしさる事情から離れ離れになってしまい、寂しい思いをしているのですよ」

「そりゃなんというか……気の毒に」

「ああ、見れば見るほど愛おしい。この子はあなたよりよっぽど、私のほうによく似ている。ほら、目元なんてそっくりではないですか」

「ばかを言え。そんなわけあるか」

いきなり妙なことを口走りはじめた男に不穏なものを感じ、黒舞戒は慌てて赤子をひったくる。しかし警戒をあらわにする天狗を見ても相手はまったく動じた様子がなく、なおも淡々と自らのことを語り続ける。

「もしかしたら未練がましいと思われるかもしれません。手放すことを決めたのはほかならぬ私の意志ですし、今さら親の顔をしようというのは都合がよすぎる。しかし我が子というのは、ほかのなににも代えられぬものなのです」

「だからといって物欲しそうに見つめるな。実華はお前の子ではないだろう」

「不快に感じられたのなら謝罪いたします。しかしそれを言うなら、あなたがたの子でもないでしょう」

黒舞戒は眉をひそめ、警戒をさらに強めた。この場には実華のほかには自分しかいないというのに、男が『あなたがた』と言ったからである。初対面でなければ宮杵稲といっしょに赤子の世話をしていることとくらい話したかもしれないが、今の口ぶりからはそれだけではない、言外の含みのようなものを感じさせる。

この男に抱く違和感と胸騒ぎはいったいなんなのか。

そこまで考えたところで黒舞戒はひとつの事実に気づき、愕然とした。

あらためて見比べてみると、男と実華は確かに似ているのだ。まっすぐな鼻筋と、知性を感じさせる澄んだまなざし。同じ人間だからだろうか……天狗である自分よりよっぽど、父親のように見えてしまう。

恐ろしいあやかしを見たとき、人間はきっとこんな気分になるのだろう。

「——私は桜葉水丸。この子の、実の父親でございます」

◇

里舞戒は実華を抱きかかえ、目の前の男から距離を取ろうとする。

桜葉は慇懃な笑みを浮かべている。背筋をすっと伸ばし、人前に立って喋ることに慣れたもの特有の佇まいだ。

なるほど、初対面ではないと勘違いしたのもうなずける。ついこの間まで町内のあちこちに、この男の選挙ポスターが貼《は》られていたのだから。

粗野な行動ばかりが目立つ天狗ではあるが、決して頭の回転が悪いわけではない。桜葉という男について露尾から聞いた話を思いだし、問いただすように言った。

「では、この子を九里頭どのに預けたのはお前なのだな。それとも売ったというほうが正しいのか？　狐のやつはそのへんの事情について教えてくれなかったが、あの御仁が実華を使ってなにかしようと企《たくら》んでいたことくらいはなんとなく想像できる」

「概《おおむ》ねのところは間違っていませんね。九里頭と私は協力関係にあり、いわば盃《さかずき》を交わすようなかたちで我が子を差しだしました。ただ誤解しないでもらいたいのは、それは一時的かつ暫定的なもので、私のほうとしてはしかるべきときにしかるべきかたちで、再びこの子を受け入れる準備ができていたということです」

桜葉の語り口はいっさいの淀《よど》みがなく、実に流暢《りゅうちょう》である。あらかじめ想定していた対応をされているようで気に入らない。どこかでボロを出さないものかと、黒舞戒はさらに言葉を重ねていく。

「赤子が親を一番必要としている時期に、私欲のために手放したことは事実だろう。ましてや人間ではなくあやかしに預けるとは、お前たちの常識からすれば相当に薄情な行いなのではないか」

「実華に寂しい思いをさせてしまったことは、今でも心苦しく感じております。しかし当時の私は赤ん坊を育てられるような環境にありませんでしたし、そもそも子をなしたこと自体、あの御仁との契約によって行われたものだったのです」

「なんだと……？　じゃあお前は、最初からあやかしに売るために……」

身勝手な理屈に思わず、赤髪を逆立てる。尋常でない威圧感を漂わせる天狗を前にしても、桜葉はまったく悪びれる様子がなかった。

「怖い顔をしないでくださいよ。倫理的に問題があるのは承知しています。しかしこの子にとってそれが不幸だと決めつけるのは早計でしょう。環境がどうであれ幸せになることはできますし、むしろ普通に育てられるより優秀な人間になることだってできる」

黒舞戒は言葉に詰まる。桜葉の行いを責めるのはたやすいが、この男が我が子を九里頭に渡さなければ、そもそも自分たちと出会うことすらなかった。実華の境遇を不幸とするなら、この九ヵ月の間に育《はぐく》んできた関係さえも否定することになってしまう。

「ご理解できましたか？　あなたたちは私に感謝こそすれ、責める立場にはありません。そう、すべては正しい行いなのです。それを証明するように、この子は見鬼の才を目覚めさせた。九里頭にはできなかった。私では期待に応《こた》えられなかった。しかしあなたがたのおかげで、次代に夢を託すことができたのです！」

桜葉が演説するように声を張りあげるので、実華がくしゃっと顔を歪め、今にも泣きだしそうになっている。自分で育てたことがないからか、赤子の扱いというものがまったくわかっていないらしい。

癪に障る男だ。紳士然とした笑みの奥に侮蔑《ぶべつ》の色が混じっており、しかもそれを隠そうともしていない。深い井戸の底をのぞきこんでいるときのような気分というか、人間の分際でどこか得体の知れない空気をまとっていることも、天狗としては気に入らなかった。

「目的はなんだ」

「もちろん実華を返してもらいたいのです」

「嫌だと言ったら、どうする」

「私は自らの過ちを認め、今からでもやり直したい、親としての責務を果たしたいと考えております。九里頭にその旨を説明しましたところ、双方で話しあうようにとおっしゃられたので、今こうして言葉を尽くしているわけですが……そもそも、あなたがたの意志って重要ですかね？」

黒舞戒は一拍の間を置いてから、この男をぶん殴ろうと決意する。

いきなりしゃしゃりでてきたかと思えば、勝手なことばかり抜かしやがって。

自分たちがどれだけ苦労して、赤子を育ててきたと思っているのか。

「父親が自分の子を育てたいと願うのは当然のこと。たとえば私が離婚していて、あなたが母親ならばともかく——まあ、こちらは金銭でかたがつきましたが——血の繋がりがない、どころか人間でさえない。社会の道理から外れたあやかしであるあなたがたが、この子の養育権を主張できるとお思いですか」

「人間どもの理屈なんぞ知ったことか。実華は俺たちの家族だ」

「いいえ。少なくとも法のうえでは、あなたがたの家族として認められることはありえません。我々の社会ではもちろんのこと、この世ならざるものたちの間ですら、人間から赤子を奪った『悪いあやかし』になってしまうでしょう」

「そんなばかな話があるか！　だったら俺たちは……」

黒舞戒は反論しようとするが、口から出る前に言葉が消えていく。人間であり社会的地位があり、なにより血の繋がりがある。だからこの男は、自分たちより実華の家族としてふさわしいかもしれない。不愉快だろうがなんだろうが、その事実を無視することはできない。

桜葉という男は政治家だ。正しさの扱いかたを心得ていて、それが武器になることをよく知っている。力を振りまわしてくるような敵より、ずっと危険な存在だ。

「時間はたっぷりありますから、よーく考えてみてください。この子にとってなにがいいのか。どうすることが、もっとも正しいのかを」

◇

「帰ってきたんだからさ。おかえりくらい言いなよ」

宮杵稲に声をかけられ、黒舞戒ははっと我に返った。

様子がおかしいと思われたのだろうか。普段なら夕飯の準備すらしていないことに文句を言ってくるところだろうに、狐はヘリンボーン生地《きじ》の仕事用スーツを着たまま、なにも言わずにソファの隣に腰を落とした。

「実華の父親に会った。で、実華を返してもらいたいと言われた」

「なんだって？」

黒舞戒は急速に空気が冷えていくのを感じた。おかげでいっそう気が滅入《めい》ってくる。それでも詳しく説明すると、宮杵稲は赤い瞳をぎらつかせてこう言った。

「その男を始末するしかない」

「……珍しく意見が一致したな。しかし、桜葉は実華の父親なのだ」

感情が昂《たかぶ》ると極端な行動に出る男ではあるが、狐もさすがに道理はわきまえている。天狗のひとことでむっつりと黙りこみ、やるせなさがにじみでたようなため息を吐く。

「力ずくで解決できるのなら話は早いが、今回ばかりはそうもいかん。お前があの男を手にかけたら、実華の将来に重たいものを背負わせることになる」

「じゃあどうするのさ。君はあの子が奪われても平気なのか」

「この顔がそんなふうに見えるか？　しかし桜葉が人間でしかも血の繋がりがある以上、あの子を育てる権利はあちらにある。忌々しいことに、正しいか正しくないかで言えば、俺たちのほうが分は悪い」

「正しさなんていらないよ。ぼくが欲しいのは実華だけだ」

「そうか。しかし実の父親を手にかけたその手で、お前は実華を抱けるのか？」

さすがに今の言葉は効いたのか、宮杵稲はまたもや顔を歪めて黙りこむ。

ほかに手立てがなければ、この男は迷わず桜葉を手にかけるだろう。そのあとで深く後悔し傷つく姿が目に浮かぶ。狐にそのような真似をさせるわけにはいかない。

天狗はしばし考えこんだあと、頭上をあおぐ。正しい理屈というのは厄介だ。今こうして眺めている屋敷の天井のごとく、無駄にピカピカとしていて見栄えがする。プライドの高い狐はもちろんのこと山育ちの天狗でさえも、小綺麗《こぎれい》な相手の隣に泥だらけの自分を並べられたなら、いささか応えるものである。

どうあがいたところであやかしはあやかしで、人間の親としてふさわしくない。それでも宮杵稲は実華と家族になりたいと願い、黒舞戒もその酔狂な志に感化され、今の関係が末長く続くことを望んでいる。しかし桜葉のほうはわざわざ大仰な決意なんてせずとも、最初から『家族』なのである。

奥の部屋から泣き声が響いてくる。

頭の痛い問題に向かいあっている最中でも、最優先すべきは子守だ。

実華を抱えて戻ってくると、宮杵稲が手を伸ばして受け取った。昔から身なりにはやたらと気を使う男だったのに、長い髪をくしゃくしゃにしたまま、愛おしそうに紙おむつを替えはじめる。そんないじらしくも儚げな姿は、長きにわたりいがみあってきた相手なだけに、なおさら心を打つものがあった。

「お前は、赤子のためならなんでも犠牲にできると言っていたな」

「実華といっしょにいられるなら、ほかのなんだってくれてやるさ」

「であれば、問題を打開する手段がひとつだけある」

「……本当か？　あるならあるで、最初から言ってくれよ」

この世の終わりが来たような表情が、みるみるうちに安堵に包まれていく。赤子と離れ離れになったら、こいつはきっとだめになってしまうだろう。

天狗はゆっくりと覚悟を決めた。六百年の長きにわたり自由気ままに暮らしてきただけに、今日ほど自分以外の誰かについて思い悩んだことはなかったかもしれない。

「桜葉のやつと交渉し、得られた条件はひとつ――ベビーシッターとして雇われることだ。政治家というのは忙しい身らしいからな。そうすれば引き続き、実華の世話ができるというわけだ」

「実に不愉快きわまりない話だな。だとしても……実華のためなら我慢するしかないか。ほかに手段がない以上、丁稚に身を落とす屈辱を甘んじて受けよう」

まっすぐな瞳だ。

仇敵の変わりようが眩しすぎて、黒舞戒は目を細めてしまう。

「その言葉を聞いて安心した。今のお前であれば、安心してあとを任せられる」

直後、リビングに一時の静寂が流れた。壁にかけられたハワードミラーの時計がチクタクとリズムを刻む中、やがて宮杵稲が怪訝そうな顔で問いかける。

「ちょっと待て。どういう意味だそれは」

「忌々しい人間にベビーシッターとしてこきつかわれるとなれば、どっかの性悪狐の屋敷に居候するはめになった俺の気持ちがよくわかるだろう。この世は因果応報《いんがおうほう》、天狗よりも鼻を高くしていたお前にはいい薬かもしれん」

「ぼくの質問に答えろよ。さては、ほかにもなにか条件があるのか？」

「たいしたことではない。座れる椅子はひとつ、というだけだ」

そのひとことですべてを察したのか、宮杵稲の顔がじわじわと歪んでいった。傍ではおむつを替え終えたばかりの実華が、無邪気にてこてこと歩きはじめる。リビングを一周したところで天狗が捕まえ、呆然としたままの狐にぽんと手渡す。

赤子の世話ができるのは――ふたりのうちの、片方のみ。

「はっはっは！　どちらがやるか、という問題についてあえて話しあう必要はないと思ってな。先方にはすでにお前のほうに任せると伝えておいた」

「勝手なことを……！　君はそれでいいのか⁉　桜葉の条件を呑めばもう二度と実華とは暮らせない。どころか、会えるかどうかだってわからないんだぞ！」

宮杵稲は捨てられる犬のような顔で、黒舞戒を見つめてくる。実華もまた暗に別れを察したのか、再びやかましく泣きだしている。

愛情なんて己のようなあやかしには似合わないと考えていたが、なし崩し的に仇敵のごっこ遊びにつきあっているうちに、着古した作務衣のごとく肌になじんでしまった。

陽気に笑おうとしたがうまくいかず、仏頂面を作ろうとしてもぎこちなくなる。結局なにかを我慢しているような変な顔で、天狗は早口でまくしたてた。

「俺は最初から、ブサイクなガキんちょのことなんぞどうでもよかった。ましてや仇敵であるお前といっしょに暮らすなんて我慢ならなかったのだ。いったいなにを勘違いしておるのか知らんが、これでようやく解放されるのだから、清々したと思うくらいだぞ！」

そう言ったあとで泣きじゃくる赤子めがけて、こつんとデコピンをする。しかしさほど効果はなかったらしく、宮杵稲はなおもすがるようなまなざしを向けてくる。

なまじ家族として暮らしてきたばかりに、お互いに嫌というほどわかりあえてしまう。こんな気持ちになるくらいなら、不毛な争いをくり広げていたころのままでいたほうがよかったのではないか。そんなふうにさえ、思えてくる。

「人里での暮らしにも飽きてきたころだし、そろそろ山に帰るとするか。さらばだ阿呆ども！　俺がいなくても——達者に暮らせよ！」

「待てよっ！　黒舞戒っ！」

宮杵稲がまともに自分の名前を呼んだのは、何百年ぶりだろうか。そのことを微笑《ほほえ》ましく感じながらも屋根を吹き飛ばすと、黒舞戒は突風をまとって夜の闇に消えていく。

漆黒の翼を羽ばたかせ、伝説の天狗らしく——悠然と。

◇

残されたのは泣きじゃくる赤子と、呆然とする宮杵稲のみ。

やがて理解が追いつくと、狐は実華を抱えたまま、その場でうずくまる。

文句を言いたくても、相手はすでにはるか遠く。

六百年の歳月を経てもなお、飛んでいく姿を見あげることしかできやしない。

「だからぼくは、お前のことが大嫌いなんだよ……」

第五話　天狗と狐、父になる

1

黒舞戒は目を覚ましたとき、狐の屋敷にいないことを不思議に思うときがある。冬の山ならではの冷たく澄んだ空気を吸い、木の枝から落ちる雪の音に耳を傾け、稲妻によって焼《や》け焦《こ》げた木の柱を眺めてようやく、自分が根本の社に戻ってきたことを思いだすのだ。

はるか遠くの世間では、クリスマスイブ当日がいよいよやってきたころ。

ひとまずばらばらに砕《くだ》け散《ち》った残骸《ざんがい》を集めて、社を修復した。しかし素人仕事なので屋根はいまだに穴だらけ。人里を離れたときに着ていたテアトラの黒いナイロンコートも山で暮らしているうちにボロくなり、陰気な顔つきと相まって、廃墟《はいきょ》に取り憑《つ》いた悪魔さながらの容貌になっていた。

住処のみじめさや山の冷気よりいっそう身に応えるのは、話し相手がいないという寂しさである。たまにうっかり柱に向かって話しかけてしまうときがあり、そのあとのしーんとした空気は耐えがたいものがある。赤子のようにわめきちらしたところで、そんな無様な天狗の姿を笑うものさえいないのだ。

おかげでなにもやる気が起きない。日がな一日ごろごろと寝転び、冬眠しない一部の動物が、たまに運んできてくれる根菜や木の実をかじって飢えをしのぐだけ。山の眷属である彼らでさえ、意気消沈した様子の天狗を眺めながら、なにか言いたげな視線を注いでくるのであった。


「……では、どうすればよかったというのか」

動物たちは答えてくれない。雪にまみれた草や木も、吹《ふ》き荒《すさ》ぶ風も、黒舞戒を否定も肯定もせず、静かにその姿を見守っている。

あるがまま――自然の道理というのは単純だ。俗世にまみれていたからか、かつては気楽に感じていた山の空気が、どうにも薄情に思えてきてしまう。

慰めてほしかった。お前は正しいと、誰かに言ってもらいたかった。宮杵稲と実華、ふたりの絆をどうすれば守れるか考えに考え、納得して山に戻ることを選んだはずなのに、二週間ほど経った今でも立ち直ることができずにいる。


『見る影もないな、天狗よ』

社の柱からふいに、しゃがれた老人の声が響いてくる。

幻聴ではない。

根本の神域にある庵の付喪神が、社を介して語りかけてきているのだ。

「お前とは二度と口を利かないと、四百年前に忠告しておいたはずだぞ。この社と同じように焼き捨てられたくなければ、今すぐ失せろ」

『後悔しているのならば、すなわちそれは道を間違えたということだ』

かっとなった黒舞戒は、目の前の柱に拳を叩きつける。

社はばらばらに崩れ落ちていく。庵の付喪神の気配は消え去った。相手からすれば保護者目線なのだろうがそのせいで昔から相性が悪く、おかげで天狗はまたしても住処を失うことになってしまった。

砕けちった社の破片を振り払い、黒舞戒はゆっくりと歩きだした。なにをすればいいかわからず、どこに向かえばいいかもわからず、ただやみくもに山道を突き進んでいく。そうこうしているうちにぱらぱらと雪が降りはじめ、視界が真っ白に染まってしまう。

やがてはるか前方に、ピカピカとまたたく赤い光が見えた。

どこぞのばかものが、ふもとのキャンプ場でクリスマスパーティーでも催しているのだろうか。もしそうなら、ちゃっかりまぎれこんでフライドチキンをいただくとしよう。

しかし近づいてみると、道の端《はし》っこで駄弁《だべ》っているだけの集団だった。色とりどりのダウンジャケットを着た若い男たち、傍らには白いステップワゴン。

「光の正体は車のライトだったのか。期待して損したぞ」

「うわっ⁉ どっから出てきたのあんた！」

雪山に突如として現れた、真っ黒な翼を生やした赤髪のコスプレ男——というのはかなりのインパクトがあり、若者たちは口々に素《す》っ頓狂《とんきょう》な声をあげる。

当の天狗はコンビニの前で話しかけるようなノリで、

「そんなことよりお前たち、こんな山の中でなにをしているのだ。今日の寒さは身体に応えるゆえ、さっさと帰って家で暖かくしていろ」

「いや、ぼくたちもそうしたいんですけど」

若者たちは困ったように顔を見あわせる。黒舞戒もようやく、彼らが呑気にたむろしていたわけではないことに気づく。連中のひとりが何度かアクセルを吹かしてみせるものの、ステップワゴンはきゅるきゅると空転するばかりで一向に前へ進もうとしない。

見ればタイヤにチェーンをはかせていないどころか、ノーマルもいいところ。こんな装備で雪道に入れば立ち往生するのは目に見えている。この場をどうにか乗りきったとしてもすぐにまた埋もれるか、最悪スリップして横転。車にさほど詳しくない天狗から見ても、危険きわまりないことは容易に推測できた。

「仕方あるまい。俺が手を貸してやるから、これに懲りたら山を舐めるな」

「なんとかできるんですか、お兄さん!?」

「赤子の紙おむつを替えるのに比べたら、これしきのことは造作もないわ」

黒舞戒がかさばる翼を仕舞いながら意気揚々と運転席に乗りこんだので、若者たちもほっとした様子で追従する。映画の世界から飛びだしてきたような奇抜な風貌《ふうぼう》のイケメンだけについ信用してしまったのだろうが、若者たちは目の前のスーパーヒーローが無免許であることまでは知る由もない。

見よう見まねでアクセルペダルを踏むと、ステップワゴンはきゅるきゅると空転したのち、やがて跳ねるように揺れながら発進した。後部座席からは歓声があがり、天狗もまたバックミラー越しににやりと笑う。

「お前らくれぐれもウインドウは開けるなよ。うっかり落ちるとまずいからな」

「え？……ってうわああっ！　飛んでる⁉」

雪が吹きすさぶ空の道を、白のステップワゴンが爆走している。唖然としながら車窓をのぞきこむと、豪雪に埋もれゆく町並を一望できた。夢の中にいるような光景に、若者たちは驚くことも忘れて見惚《みほ》れてしまう。

「雪道に足を取られるなら、車体ごと浮かせてしまえばいいだけのこと。人間どもにこのドライブテクは真似できまい。なにを隠そう俺は——」

「もしかしてお兄さん、サンタクロースだったんですか！」

「ふおっふおっふおっ！　……って、どこからどう見ても違うだろうが！」

思わずツッコミを入れる。若者たちは頬をつねりあいながら「すげえ」とか「サンタさんってほんとにいたんだ。黒いけど」とか呟いている。

実華とそっくりの、くりくりとした瞳だ。黒舞戒は毒気を抜かれてしまう。

六百年の歳月を生きる天狗にとっては、人間なんていくつになっても赤子のようなもの。ことすれば、面倒を見なければならぬのは道理である。

◇

ステップワゴンは真っ白な空を突っ走り、ほどなくして付近のドライブインに着陸する。その日は山間部だけでなくふもとの桐生市まで豪雪にみまわれ、駐車場にほとんど人の気はなかったものの、それでもさすがに目撃者がおり、天狗のドライブテクは新手のUFO動画としてネットで拡散されることとなった。

図らずも世間をざわつかせた黒舞戒であったが、サンタクロースに間違われたことが釈然としなかった。どうせ暇だしもうちょいブラブラして、天狗の威光を世に知らしめておくべきか。ほかにも困っているやつはいるだろうし、家に帰れない阿呆は自分だけで十分だ。

安政の大火ほどではないにせよ雪が降り積もるにつれて町のあちこちでトラブルが発生し、天狗は颯爽と駆けつけて手を貸した。そのあとで「ありがとう、真っ黒なサンタさん！」とお礼を言われるはめになったのである。

人間たちは誰ひとり、黒舞戒の名を覚えていない。かつての天狗であれば二度と助けてやるものかと拗ねていただろう。しかし不思議なことに今日は腹が立たなかった。感謝されて嬉しかったのだ。あるいは、楽しかったと言ってもよいかもしれない。

自分はきっと、優しいあやかしになれたのだろう。この調子で人助けを続けていけば、いずれは誰もが天狗に対する信仰を取り戻すに違いない。荒くれものとして嫌われるのではなく、誰かに慕われ愛される存在に、ようやく生まれ変わることができたのだ。

「なのになぜ、この涙は止まらぬ……」

黒舞戒は根本の山に帰る途中、降りしきる雪の中で立ちどまり、誰にも見られていないのをいいことにぽつりと呟いた。凍《い》てつく寒さの前では瞳からこぼれ落ちる雫《しずく》も頬を伝うことはなく、だから泣いておらぬと、自分に言い聞かせることだってできたというのに。

泣けば楽になる。人間どもはよく言うが、いつになっても気分は軽くならなかった。虚しさだけが降り積もり、雪崩が起きたように顔がぐしゃぐしゃになっていく。

心が満たされない理由なんてわかりきっている。

ほかの誰かではだめなことも、家族とは代えがきくものではないことも。

すべて承知したうえで、この道を歩むことを選んだのだから。

己の気に同調してさらに天気が悪くならないように、天狗は勢いよく鼻をすすり顔をあげる。すると見計らっていたかのように、冷たい風とともに老人の声が響いてくる。

『自分が犠牲になれば、あやつらを守れると思ったか？』

「黙れ。心を持たぬ付喪神になにがわかる」

憤懣に顔を歪め、雪舞う空の先をにらみつける。

次にふざけたことを言ったら、根本の山頂ごと吹き飛ばしてやる。

『ならば助言はほかのものに任せよう。お前が留守にしている間に、客人が来ておるぞ。雪の中で迷いかけていたゆえ、儂《わし》の庭に招きいれておいた』

「なんだと……?」

庵の付喪神はそれきり黙りこんでしまう。天狗は忌々しげに舌打ちしたあと、ゆく手を阻《はば》む雪道を踏みしめながら、神域を目指して歩きはじめる。

◇

庵の付喪神が佇む神域にたどり着くと、古ぼけた木造の軒下に腰かけていたのは河童の若者だった。アウトドア仕様なのか茶色いニット帽とノースフェイスの黒黄のゴアテックスジャケットという格好で、黒舞戒の姿を見るなり待ちわびていたかのように手を振ってくる。

しかし天狗は、なんだ露尾かと肩を落としてしまう。宮杵稲が実華を連れてきたのではないかと、淡い期待を抱いていたからである。

「がっかりしないでくださいよ。みんな、兄さんに会いたくて来たんですから」

庵のほうに視線を移すと、千代がひょっこりと顔を出した。

保護者同伴ということなのか、母親の祥子《しょうこ》までいる。花柄のニット帽とフリースジャケットをお揃《そろ》いで着ている姿を見ると、驚きより先に呆れが来てしまう。

「……お前らも物好きだな。どうせ連れ戻しにきたのだろうが、俺はこのまま山で悠々自適の生活を送るつもりだ。雪がやんだらさっさと帰れ」

「また意地を張っちゃって。ひとりでずっとめそめそしていたんじゃないの？」

千代にばっさりと切られて、黒舞戒は軒下の柱をじろりとにらみつける。待っている間に俺の付喪神がべらべらと喋ったらしい。こうなると、今さら強がったところで余計に気恥ずかしくなるだけだ。

しばし微妙な空気が漂ったのち、一同を代表して露尾が言った。

「里舞戒サマは本当にこのままでいいんですか？　実華ちゃんと離ればなれになって、残された宮杵稲サマのお気持ちも考えずに、山に引きこもって泣き寝入りですか？　そんなの全然らしくないですよ」

「桜巣のやつが人間で、血の繋がりがある以上、あやかしである俺たちに勝ちめはない。そもそも実の父親のもとで暮らすことが、実華にとっての正しいかたち。それでも俺が引きさがることで宮杵稲があの子のそばにいられるなら、すべては丸く収まるであろう」

「じゃあなんでそんなにつらそうなんですか。最強の上州あやかしが見る影もない。しょげた顔で丸く収まったと言われても、まるで説得力がありません」

「なら俺にどうしろと言うのだ！　どうすればよかったと言うのだ！」

「全力で駄々をこねてくださいよ！　みっともなくあがいてくださいよ！　血の繋がりとか正しいかたちとか、そんな理屈どうだっていいでしょうに。間違っていようがなんだろうが、わがままをとおすのが黒舞戒サマじゃないですか！」

「ぬかせ！　この若造が――」

　黒舞戒は怒りに身を任せて、露尾の胸ぐらにつかみかかる。相手はひるむことなく、胸ぐらに置かれた手を握り返してくる。雪が頭や肩に降り積もっていくのにも構わず、両者はぴくりともせずににらみあった。

　そこに千代が割って入り、天狗の横っ面を引っ叩く。たいして痛くはなかったものの不意をつかれたことでバランスを崩し、すっ転んだあと目をぱちくりさせてしまう。

「暴力はよくない。こういうときだからこそ、話しあわなくちゃ」

「ビンタしといて言うことか、それは……」

　千代の瞳には涙がにじんでいて、黒舞戒はたまらず頭をかいた。この娘にせよ実華にせよ、こうなってしまえば負けを認めるほかない。ガキんちょに泣かれるというのはほとんど反則のようなものである。

　そこで彼女の母親である祥子が、狙い澄ましたように言った。

「フライドチキン持ってきましたけど、食べます？」

場の空気が弛緩《しかん》したところで、一同は静かに卓を囲むことになった。

付喪神である俺の懐──ちゃぶ台のほかになにもない座敷に案内されると、祥子と千代がはきはきとフライドチキンを並べていく。

八里を離れてからずっと孤独に耐えてきた天狗にとっては、クリスマスイブだからとわざわざ料理を届けてくれた彼女らの優しさこそが、心に沁《し》みわたるなによりのご馳走《ちそう》だった。しかと手をあわせ、ありがたくいただく。

親子で作ったというフライドチキンは、実際は竜田揚げに近いものだった。根本の山に運んでくるまでにすっかり冷めてしまっていたが、紙皿に添えてあるマヨネーズをつけて食べると、そんなことは気にならないくらいに美味である。

サクサクというよりしっとりとした食感の衣から嚙むたびに甘塩《じょ》っぱいチキンの風味が溢れだし、それがマヨネーズの酸味と抜群にマッチする。時間が経っても味が落ちないよう随所に工夫がなされているのだろう。さすがは田端《たばた》家。言動こそマイペースすぎるものの、料理の腕は侮れない。

「フライドチキンで機嫌が戻るんだから、黒舞戒サマもちょろいもんですね」

「お前も言うようになったな。しかし露尾よ、心配をかけてすまなかった」

「食事しているときは素直なんだからなあ。……しかしこれからどうするおつもりで？」

神妙な顔でたずねられ、黒舞戒は返答に困った。やれるだけのことはやってみようという気力こそ湧いてきたが、依然として打開策は浮かばないままである。

「実華ちゃんは高崎市内にある桜葉邸で、なに不自由なく暮らしています。まあ実の子どもですし世間体もありますから、きちんと面倒を見てもらえるという意味では今のところ心配はいらないでしょう」

「危害を加えられることはないと思っていたが、それを聞いて安心したぞ」

「ただ宮杵稲サマのほうは……数日前から消息がわかっておりません」

黒舞戒は目をむいた。

見れば一同は揃って沈んだ表情をしており、それが余計に不安を煽る。

「どういうことだ。ベビーシッターとして雇われているのではなかったのか」

「動向をうかがっていたオレたちも不審に思ったので問いただしてみたところ、狐の兄さんは桜葉邸での生活が性に合わず、自ら出ていったということです」

「そんなわけがあるか。あいつはなにがあっても実華のそばにいる。桜葉のやつが気に入らぬのならなおのこと、同じ屋敷で暮らして守ろうとするはずだ」

「余もそう思う。だからこうして、おぬしに知らせにきたわけさ」

「……ん？」

「って九里頭サマ⁉ なんでここにいるんですか⁉」

あまりにも自然に座っていたので、黒舞戒や露尾だけでなくその場の誰もが九里頭がいつやってきたのか気づけなかった。

華やかな和装の少年があぐらをかいて、友だちの家に遊びに来たときのようにリラックスしている。上州あやかしの長は注目を一身に浴びながらも平然とフライドチキンに手を伸ばし、身にまとう羽織に描かれた龍たちに分け与えはじめた。

「美味しそうな匂いにつられてね。こうして会うのはいつぶりかな、黒舞戒」

黒舞戒は顔をしかめ、九里頭と向きあう。チキンの骨をしゃぶる姿は緊張感のかけらもないが、その佇まいにはいっさいの隙がない。笑いながら喉もとに刃を突きたててきかねないような、邪悪な気配すら感じられる。

「今さら出てきてどういうつもりだ。桜葉がお前と繋がっているという話は、露尾からすでに聞きおよんでいる。実華との縁を繋いでくれたことには感謝しているが、宮杵稲たちを巻きこんでよからぬことを企んでいるのなら、上州の覇者であろうと容赦はせんぞ」

「怖いなあ。確かに桜葉は余にとって我が子のようなものだけど、近頃どうやら反抗期がやってきたみたいでさ。ほとほと手を焼いているところなんだよ」

相変わらずの飄々《ひょうひょう》とした口ぶりだったが、そんなうわべに騙される黒舞戒ではない。

この御仁がわざわざたずねてくるとなれば、事態は相当に深刻なはずなのである。

「御託はいい。宮杵稲はどこにいる。桜葉となにがあった。それをまず教えろ」

「言われるまでもなく、急いだほうがいいのは間違いない。おぬしはよかれと思って身を引いたのだろうけど、このままだと宮杵稲と赤子、両方とも失うことになる。なにせ桜葉はほかならぬ余から、学ばなくていいところばかり学んでいるからね。つまり——」

そう言ってから九里頭は、自虐気味に笑う。

蛇とも龍ともつかぬ白銀のまなざしが、夜月のようにぎらりと光った。

「人身御供を要求するような、恐ろしい人間ということさ」

2

話は二週間ほど前、黒舞戒が根本の山に帰った直後までさかのぼる。

泣きじゃくる実華を抱えて屋敷にひとり残された宮杵稲は、猛然と押し寄せる失意を振り払い、その足で桜葉邸の門戸を叩いた。前もって天狗と話をつけていた桜葉は相変わらずの慇懃な態度でふたりを受けいれ、狐は胸中穏やかでないながらもベビーシッターとして彼の自宅に住まうことになったわけである。

いざ雇われてみると、桜葉邸での暮らしは思いのほか快適だった。

下僕のごとくあしざまに命令され、馬車馬のようにこき使われると考えていた宮杵稲は、新たな主人となった桜葉の礼節をもった対応にいささか面食らった。政治家の邸宅らしくほかにも数人の家政婦が雇われていたが、みな同じ卓で食事をとるし、同じ目線で話を聞き意見は取りいれるしで、一企業の社長でもある狐から見ても、桜葉は理想の主人と言ってさしつかえない人物であった。

あるとき彼は、狐にこう言ってきたのである。

「あの子の教育方針については君に一任しよう。平日の日中は保育園に預けるもよし、今から英才教育を行うもよし。見鬼の才があることだし、君自身が家庭教師になるのもいいだろう。もちろん今の仕事を続けたいなら、こちらで可能なかぎりフォローするよ」

「そうしていただけるならありがたいが……ぼくにすべてを任せることに不満はないのか？　あなただって意見のひとつやふたつ、あるだろうに」

「実華が幸せに暮らせるなら、ほかに望むべきことはなにもないさ。私は不甲斐《ふがい》ない父親なのでね、一度は手放すことを選んでしまった負い目もあるし、だからいまだに愛してもらえるかどうか、自信がないというのが現状だ」

桜葉は目を細めながらこう続けた。

「だしても、私は実華を愛している。もちろん君だって、実華を愛しているはずだ。ならばより接した時間の長いほうに、今は従うべきではないかな？」

桜葉のことを誤解していた。

宮杵稲はそう考えるようになった。


この男のせいで黒舞戒が身を引かざるを得なかったことは納得できない。ただそれはそれとして、我が子を愛そうと努力する父親ではあるのだろうと。

宮杵稲は幼少期の苦い記憶から疑《うた》ぐり深い性格だったが、同時に少年のような純粋な心を内に抱えたあやかしでもある。血の繋がりに並々ならぬ執着を抱き、家族というものに憧れていたからこそ、我が子を愛したいという桜葉の言葉に、胸を打たれたというのもあったかもしれない。

オサキともあろう男が、それでころっと騙されてしまった。

狐狸のあやかしよりも政治家のほうが、嘘をつくのは上手いのだろう。

◇

「くっ……。どこだ、ここは……」

宮杵稲が目を覚ますと、うす暗い檻《おり》の中だった。

おぼろげながら記憶が残っている。紅茶の味に違和感を覚えたときにはすでに遅く——身体が痺《しび》れて動かなくなった狐を、数秒前まで和やかにお喋りしていた家政婦たちが、ここまで運んできたのである。

信用しかけていた相手に騙されたことより屈辱的なのは、一糸まとわぬ姿で四肢を鎖に繋がれ、毛皮をはがれた獣のように吊るされていることだろう。地下牢《ろう》のごとき空間であられもない姿を晒している狐を、桜葉が鑑賞するようにねっとりと眺めている。

「九尾の力を継ぐあやかしだけあって、君の飾り身は実に美しい。やかましい声で泣く赤子を蹴っ飛ばすのを、我慢し続けた甲斐《かい》があったというものだ」

「桜葉っ！　実華を愛しているという言葉は、嘘だったのか！」

「それは言葉の定義にもよるだろう。コレクションという意味では、私はあの子のことも愛している。あるいは、それだけの利用価値があると言い替えてもいい。私はこれといって取り柄がないから、便利に使える道具が大好きなんだよ」

桜葉はそう言ったあと、室内の照明にスイッチを入れる。すると眼前に、おびただしい数の骨董品が現れた。

宮杵稲はあまりの醜悪さに吐《は》き気《け》をもよおしてしまう。彼のコレクションのすべてがいわくつき——あやかしの身を削り作られた、人造の付喪神だったからだ。

霊虎《れいこ》の剝製《はくせい》や人魚の木乃伊《みいら》はまだマシなほう。宝石の代わりに無数の目玉が埋めこまれた硯箱《すずりばこ》があったかと思えば、悪鬼の顔をそのまま装丁にしたような書物がある。小さな妖精《ようせい》の骨を組んで作られた椅子にいたっては、どれほど多くの魂が犠牲になっているのか、判別することさえ難しかった。

「正義の味方きどりの狐が取り締まりを厳しくするものだから、近頃はなかなか手に入れづらくなってしまったけどね。それでもこれだけの数が揃えば、私ごときでも陰陽師の真似事《まねごと》はできる。もちろん結界だけで君ほどのあやかしを封じきれるかわからないから、可愛い我が子を人質にしなければならないのだが」

「いったいどこまで外道なんだ」

「何度も言うようだけど、私はごくごく平凡な人間にすぎないのさ。そんな出来損《できそこ》ないが頂点を目指すためには、心を鬼にするほかない。君のような力が最初からあったら、私だってヒーローを目指していただろう」

桜葉はなにがおかしいのか、そこでふっと笑う。知性を感じさせる澄んだ瞳は少年のようにきらきらと輝き、しかし純粋な悪意の色に染まっている。

宮杵稲は不覚にも、背筋に寒いものを覚えた。

この男はもはや人間ではない。

その最後の一線を、とうに踏み外している。

「だが、君のおかげで夢が叶《かな》う。あの子を育て、愛してくれたことにも感謝するよ。もちろん九里頭にも。そもそもあの御仁に拾われていなければ、私は今日まで生きていられたかどうかも怪しいからね」

「なんだって……？」

「おっと、この話は聞いていなかったかい。九里頭はかつてこう言っていたよ、育てかたを間違えたと。だからあの御仁の狙いどおり見鬼の才を得た我が子には、正直に言って妬《ねた》ましい気持ちもある」

宮竹稲はそこで、庵の付喪神から聞いた話を思いだす。九里頭は以前にも同じような試みをしていた。自分や黒舞戒のようなあやかしに——あるいは自らの手で、人間の子どもを育てる。晴明のような強力な存在を、手駒《てごま》にするために。

となると目の前の男は、計画の失敗作といったところなのだろう。

大刀の事情は把握することができたが、桜葉がなぜこのような暴挙に出たのかだけが見えてこない。宮杵稲をわざわざ地下牢に捕らえなくても、我が子を取り戻すという目的は達成されていたはずだ。

……それとも、まだなにかあるのだろうか？

狐は鎖に繋がれたままの姿で、桜葉に鋭いまなざしを向けた。

「お前は実華をどうするつもりだ。実の親だろうがなんだろうが、あの子に危害を加えるつもりなら、その喉笛を噛みちぎってやる」

「赤子よりも、自分の心配をしたほうがいいのではないかな。別に天狗でもよかったのだけど、九尾のほうがなにかと都合がよさそうだからね」

最初は意味がわからず、眉をひそめる。

やがて桜葉の真意に気づき、

「まさか、お前の目的は――」

「最初から、君のことが欲しかったんだよ。私は強い存在に憧れていた。しかし見鬼の才すらろくにない失敗作では、努力したところでどうにもならない。だからちょっとした裏技を使うことにした。そのための準備はすでに整えてある」

桜葉はうす暗い地下牢の床を指さす。吊られたままの姿勢で苦労して視線を向けると、そこには禍々しい紋様が刻まれていた。

大陸から仕入れたコレクションに、呪法を記した古文書でもあったのか。

「人間は神話の時代から、さらなる高みを目指して精進し続けていた。今から君の中にある妖力の核を抽出し、それを私の体内に定着させる。まあよくある生贄《いけにえ》の儀式さ」

「いよいよ下衆《げす》の極みといったところだな。お前のような半端者がこんな術式を成功させられるわけがない。ましてオサキであるぼくが――うっ！」

「ああ、すまない。君がうるさく吠えるから電流のスイッチを入れてしまったよ。妖力の核を抽出するには衰弱させる必要があってね、しばらく痛めつけることになるが我慢してくれたまえ」

「……ぐ、うあっ！」

桜葉が懐から出したリモコンを嬉しそうにいじると、針で刺されたような痛みが宮杵稲の全身をかけめぐった。四肢が破裂するのではないかという苦しみのあと、やがて内側からぶすぶすと肉が焦げるような臭いが漂いはじめる。

耐えきれず、苦悶《くもん》のうめきを漏らす。ぜえぜえと息を荒らげる狐を見て、桜葉は拍子《ひょうし》抜《ぬ》けしたように言った。

「思っていたより悲鳴が小さいな。一応あやかしでもぎりぎり耐えられないくらいの強さなのだけど、九尾の力を継ぐだけはあるといったところか」

「これしきの痛みで、ぼくが音をあげると思うか……！　お前からどれほどの辱めを受けようとも、人間ごときに屈する宮杵稲ではないっ！」

「ではもっと電圧をあげよう。それでもだめなら別の道具を試すよ。その手のコレクションもいっぱいあるから、時間が許すかぎり楽しんでいきなさい」

「……ぐっ！　ぐわあああああっ！」

「どうした、まだまだ足りないぞ？　吊るされたままだと気分が乗らないというのなら、うす汚い獣らしく四つんばいにしてやる。言っておくけど私は、この術式が成功するまでやめるつもりはない。たとえ骨と皮だけになったとしても、君の中にあるすべてを美味しくいただいてやるからな！」

桜葉はニタニタとした笑みを浮かべ、宮杵稲の身体を際限なく痛めつけてくる。電流を浴びて過敏になった肌の内側をほじくるように愛撫《あいぶ》したかと思えば、火ぶくれになった傷口になめくじのような舌を這《は》わせ、相手が痛みでがくがくと痙攣《けいれん》する様を存分に楽しむ。

永劫《えいごう》に続くとさえ感じられる苦悶と屈辱を味わいながらも、誇り高き九尾の力を継ぐオサキとして、狐は必死に耐え続けようとする。

次第にもうろうとしていく意識の中で、まず頭に浮かんだのが愛する実華の笑う顔だった。あの子は泣いていないだろうか、桜葉の家政婦たちにいじめられていないか。それだけが気がかりで、なんとしてでもこの責め苦を乗りきろうと、気を奮いたたせる。

だけどももし、身体のほうが耐えきれなかったら……？

ふっと湧いた不安の直後、頭に浮かんだのは憎たらしい仇敵の顔だった。

宮杵稲は内心で舌打ちする。

ああ、そうだよ。

ぼくは幼いころからずっと——お前が来てくれるのを、待ち続けている。

◇

「今、狐のやつの声がしなかったか？」

「桜葉邸はもうちょい先ですよ。ていうか縁起悪いんでやめてください」

「ばか、そう言われるとこっちまで不安になるではないか」

黒舞戒は顔をしかめたあと、先導している露尾の頭をぱしっと叩く。

根本の山でだいたいの事情を聞いた天狗は、案内役の露尾だけを腕に抱え、高崎市内までひとっ飛びでやってきた。そのあとはいったん九里頭の屋敷に立ち寄り全身黒の忍び装束に着替えてから、宮杵稲が囚《とら》われているという桜葉の事務所に潜入する手はずである。

場所は高崎駅西口からさらに十分ほど歩いたあたり。その日はクリスマスイブとあって、夜も更けてきているというのにカップルや家族連れで賑《にぎ》わっている。

きらびやかなイルミネーションの中をこそこそと歩く忍び装束のふたり組。普通の格好でいるよりよっぽど浮いていたが、翼を生やしたままの黒舞戒はイベント帰りのV系アイドルのようにも見えたので、幸いなことに職務質問されず桜葉の事務所までたどり着く。

一見するとただのテナント店舗にしか見えない建家を眺めて、天狗はひとこと、

「正面から突っこむか、裏口から回りこむか。いっそ稲妻を落として建家を粉砕したのち、狐のやつが囚われている地下牢に乗りこむというのはどうだろう」

「潜入って言葉の意味、わかってます？　そうでなくてもここを警備している連中は雇われているだけなんですから、荒っぽい行動は控えましょう」

「人間どもは弱っちいしな。うっかり消し炭にしたらあとが面倒か」

「あやかし界隈にも顔が広い桜葉センセのことですから、鬼の一匹や二匹は出てくると思

いますけどね。そのときは黒舞戒サマのお力でなんとかしてください」

その言葉に「うむ」とうなずいたあとでかさばる翼を仕舞い、黒舞戒は夜の闇に溶けこんだ姿となって裏口に回っていく。中では予想どおり数人の男が椅子に座って駄弁っていたが、天狗に続いて露尾がドアをまたいだときにはあらかたケリがついていた。

ぱたぱたと倒れていく男たちを目の当たりにした露尾は、

「……すごい。瞬殺じゃないですか」

黒舞戒は得意げな顔で手刀を打つ真似をする。ただそのあとで、

「しかし妙だな。普通の人間しかいなかったぞ」

「奥にまだ潜んでいるんじゃないですか？」

「いや、妖気そのものを感じない。警備が手薄なだけならともかく、狐の気配すら感じないというのもおかしいな。そもそも本当にここで合っているのか？」

「九里頭サマの情報が間違っているということはありえません。宮杵稲サマほどのあやかしが囚われているわけですから、妖気を封じる結界が張られているという可能性はありますね。それとも——いえ、やっぱりなんでもないです」

途中で口を閉ざした露尾を見て、黒舞戒は顔をしかめる。

地下に続く隠し階段はなんなく見つかった。しかしいまだに人の気配もあやかしの妖気もまったく感じない。

狭苦しい階段を慎重に進んでいく最中、黒舞戒はざわざわとした胸騒ぎを覚えはじめる。地下まで来てもあやかしが出てくることはなく、罠《わな》が仕掛けられている様子もない。宮杵稲が囚われているのだとしたら、桜葉にとってここは重要な場所であるはずなのに。

事務所の外観からはまったく想像できない広々とした地下室に行きつき、照明のスイッチを入れたところで、天狗の胸騒ぎはさらに強まっていく。

ところ狭しと陳列されているいわくつきの骨董品、そして得体の知れない、しかし物騒な形状の器具。拷問部屋――そんな言葉がまず浮かぶような、禍々しい空間。

「宮杵稲っ！」

たまらず叫び、黒舞戒は室内の奥に向かって駆けだしていく。

六百年の歳月を生きてきた中で、これほど恐怖したことはなかった。照明すら届かない部屋の隅っこで、ぐったりと横たわる銀色の獣を見つけたときには、心の臓が凍《こお》りついたように感じるほどだった。

「よかった……。まだ息がある、狐のやつは無事だぞ！」

その言葉を聞いて、あとを追ってきた露尾はその場で脱力してへたりこむ。黒舞戒と同じくらい、この河童の若者も宮杵稲のことを心配していたのだろう。

ただ、いつもの飾り身ではない狐の姿を見るなり首をかしげて、

「その銀色のやつが宮杵稲サマなんですか？　またずいぶんと可愛らしい」

「衰弱して変化を保てなくなったらしいな。俺もこいつが正体を晒したところを見るのははじめてだが、見たところ命に別状はない。妖気を封じる結界も、すでに効力が切れておるようだ。露尾よ」

「わかってます。飾り身に戻れるくらい、回復させてあげればいいんですよね」

河童の若者はそう言ったあと、腰にさげたポーチから香水瓶のようなものを取りだした。

霊泉の水だ。妖力を回復させる力がある。相当に貴重なものなのだが、こういうときのために九里頭から前もって渡されていた。赤子の件でいつだか宮杵稲と爪牙をまじえたらしいが、そのことを根に持つどころか軽くじゃれあった程度にしか考えていなそうなところが、上州あやかしの長の余裕を感じさせる。

黒舞戒が瓶を受けとり振りかけるも、宮杵稲はぐったりとしたまま一向に起きあがる気配がない。しばらく様子を見たのち、露尾が不安そうな声で呟いた。

「妙ですね。霊泉の水を使えば多少なりとも妖気が戻ってくるはずなんですけど、いまだにまったく感じないなんて」

「ああ、これではほとんど普通の獣だな。もっとも、銀色の毛並みをした狐がそうそういるはずもないから、宮杵稲であることは間違いなさそうだが……」

わけがわからず、ふたり揃って首をかしげてしまう。

とはいえ、それは当然であった。桜葉が古の秘術を使ったという事実は、よほど事情に精通したものでなければ察することはできない。だからなにが起きたのかようやく理解したのは、露尾が携帯端末で九里頭に連絡したあとだった。

「……妖力の核を奪われただと？　人間ごときにそんな真似ができるのか？」

「見たところ付喪神やら古文書やら、ずいぶんと集めていたみたいですからね。桜葉センセも九里頭サマの教え子ですから、不可能ではないかと」

「で、どうすれば治せる。もちろん手立てはあるのだろう」

黒舞戒に問われた露尾は、むっつりと黙りこむ。

九里頭と電話している時から様子がおかしいと感じてはいたが、その反応は天狗をますます不安にさせる。今も腕の中にいる宮杵稲は、微動だにしない。

「残念ながら、処置なしと……」

露尾は苦渋に満ちた顔でそう告げた。

妖力の核は非常に脆《もろ》く、桜葉から奪い返したところで粉々になるだけ。

そのうえ宮杵稲の身体も、今のままだと長くは保たない。

九里頭から聞いた話を説明し終えるころには、泣いているような声になっていた。

「そんなわけがあるか！　俺は認めんぞ！　こいつが、このまま……」

黒舞戒は言葉の途中で、血が出るほど強く唇《くちびる》を噛む。口にしたら最後、それが事実になってしまいそうで、藁《わら》にもすがる思いで、宮杵稲を見る。

六百年来の仇敵は魂が抜けたようにぐったりとしていて、ほとんど剝製のようである。普段からあれほど偉そうにふんぞり返っていたくせに、たかが人間ごときに負けるなど、恥ずかしいとは思わないのかこの軟弱者め。

絶望的な気分でそこまで考えたとき――ふと脳裏に閃《ひらめ》きがよぎった。

暗闇《くらやみ》で光を灯したように思考が明瞭《めいりょう》となり、天狗はゆっくりと顔をあげる。

「……桜葉にできるのならば、俺にできない道理はないな」

「黒舞戒サマ、なにか手立てがあるんですか？」

露尾に問われ、黒舞戒は無言でうなずく。

秘術に使われた付喪神たちは宮杵稲と同じく抜け殻と化しているが、床に刻まれた陣はまだうっすらと残っている。つまり、再利用できるというわけだ。

「今より妖力の核をふたつに砕き、その半分を宮杵稲の身体に移す。奪うことができるのならば、逆に与えることだってできるはずだ」

「そんな無茶な……っ！　荒療治にもほどがありますって！」

「うまくいくかどうかも怪しいうえに、核を砕けば俺の身だって危ういだろうな。しかし露尾よ、なにもせずにこのまま眺めていられると思うか？」

黒舞戒はそう告げたあと、ようやく気づいた。

実華だけではない。今、この腕で抱《だ》き抱《かか》えているこいつだって――。

「家族のためなら、俺はなんでもする」

あとの言葉は不要だった。

床の紋様を調べたところ、仕組みさえわかれば驚くほど単純な術だった。必要なのは陣を維持する妖力と、覚悟だけ。もっとも妖力の核を砕くとなれば、自らの胸に刃を突き立てるに等しい。わずかでも加減を間違えれば、たちまち霞となって消えてしまう。

しかし黒舞戒はまったく躊躇《ちゅうちょ》しなかった。あまりにも迷いなく核を砕いたがために、横で見守っていた露尾ですらその瞬間に気づかなかったほどだ。

ただ……思っていた以上にきつい。というより、死を感じる痛みである。

核を砕いた瞬間に頭の奥からすうっと力が抜けていき、宮杵稲に術を用いる前から昏倒してしまいそうになる。耐えろ、耐えろと必死に念じる中で、やがて視界がぐるぐると回りはじめた。

幼いころの底抜けに楽しい日々、神のごとく敬われ栄華をきわめた最盛期、あるいは今にして思えば不作法で身をねじりたくなるほど恥ずかしい過去の自分――六百年ぶんの記憶が走馬灯のように次々とかけめぐり、そのたびに冥府《めいふ》からの誘いを必死に振り払っていく。しかし痛くて苦しくてたまらないというのに、天狗はどういうわけか笑いが堪えられず、仇敵を抱えたまま吹きだしそうになってしまう。

ああ、まただ。何度も顔を見せるな、阿呆め。

俺の六百年にしつこくしつこく登場しやがって。

わかった、わかったから――。

「さっさと起きろ、宮杵稲！」

今やただの獣と化したその口に、砕いた核をそそぎこむ。

力強い息吹に乗せて、体内の奥へ奥へと――届くように。

永劫とも思える長い時間。

黒舞戒は無心で術を維持し続ける。

途中まではまったく手応《てごた》えがなかった。だが次第に口を介して宮杵稲のぬくもりが伝わりはじめ、ふと気がつけばその姿は、美しい飾り身に変じていた。

よし、うまくいった！

黒舞戒はすぐさま身体から離れようとする。だが、うまくいかない。狐は朦朧《もうろう》としたまま口をむさぼり続け、逃れようとするたびにぎゅっとしがみついてくる。よっぽど飢えていたのか、その姿はまるで哺乳瓶を吸う赤子のようである。

術が成功した嬉しさもあり、うっかり可愛いやつめと思った――次の瞬間。

「なにやってんだ、ばか！」

思いっきり横っ面を引っ叩かれた。

黒舞戒は目を丸くしてしまう。

理解が追いついてくると、あまりの理不尽さに鼻息が荒くなる。

「それはこっちの台詞だ！　死にかけていたから助けてやったんだろうに！」

「え、えええ……。そうなの、露尾」

「正確には妖力の核を分け与えていたところですね」

意識がまだぼんやりしている様子の宮杵稲に、露尾が詳しく説明する。

狐は素《す》っ裸《ぱだか》のまま、あぐらをかいてこう言った。

「だとしても、やり方ってものがあるだろ」

「はあ？　なに恥じらっていやがるのだ気色悪い」

天狗は平然とそう言ってのけたものの、狐が拗ねたように顔を背けるので戸惑ってしまう。伏し目がちにチラチラとこちらをうかがう様は、ほとんど初心《うぶ》な女学生である。

狐とはずいぶんと長い腐れ縁が続いているが、このような反応をされたことは一度もなかった。おかげで天狗もソワソワとしてきて、

「俺だって美しい乙女ならともかく、お前のような性悪狐にはじめての……いや、なんでもない。忘れよう。なかったことにすれば、すべて丸く収まる」

「忘れられるわけないだろ、あんなことされて」

「まあまあまあ。痴話喧嘩はそのへんにしときましょうよ、おふたりとも」

余計なひとことを放った露尾は宮杵稲にキッとにらまれ、黒舞戒に頭をどつかれる。そうこうしてようやく場の空気が落ち着いたところで、狐が言った。

「で、これからどうするつもりだい」

「むろん実華を取り返す。落とし前をつけねばならんやつもいるしな」

「そうは言っても桜葉センセは妖力の核を奪ったわけですから、かつての宮杵稲サマと同等の力を手に入れていることになりますよね。実華ちゃんはまだ人質に取られているわけですし、実際かなりやばい状況じゃないですか？」

「悪いほうにばかり考えるな。今のあやつはあやかしに近い存在、ならば同じ人間だからとか血が繋がっているからとか、そのへんの面倒くさい理屈をいちいち気にする必要もなくなったわけだ。しかも狐から聞いたかぎり、実の娘に対する愛情すらないときている」

「つまり、遠慮なくぶちのめせるってことだね」

「ははは。お前も話がわかるようになってきたな」

黒舞戒は高らかに笑い、宮杵稲もまた腹黒い笑みを浮かべる。

ふたりはゆっくりと立ちあがり、露尾に向かってこう告げた。

『天狗と狐を怒らせたらどうなるか。――今からとくとお見せしよう』

抜け目のない桜葉は、妖力の核を奪った直後から迅速に行動を開始していた。

他者の心を支配し籠絡《ろうらく》する九尾の力と、民政を司《つかさど》る権力者というのは、太古の時代より最強最悪の組み合わせである。高潔な精神を備えた宮杵稲だからこそほとんど使うことがなかったものの、桜葉はそのような倫理観は持ちあわせておらず、アクションゲームで新しいスキルを手にいれたプレイヤーさながらに、地元の政治家たちを次々と籠絡してしまった。

◇

首尾よく人間社会を手中に収めた桜葉の次なる標的は、あやかし界隈の支配権である。

つまり黒舞戒たちが事務所の地下で宮杵稲を発見したころには、九里頭の喉もとまで桜葉の魔手が迫っているような状況だったわけである。

九里頭とて幾多の修羅場をくぐり抜けてきた猛者ではあったが、今回ばかりはさすがにタイミングが悪かった。なにせ根本の山から帰ってきたばかり、しかも途中で合流した千代や祥子を、自分の屋敷に招こうとしていた直後だったのだから。

「……おぬしがまさか古の秘術を成功させ、こうも早く動いてくるとは思わなかったよ。たまにはこういうスパイスがないと、余生というのは退屈だからねえ」

「これで失敗作の汚名は返上できますか、九里頭」

一同を拘束した桜葉は得意げに笑う。

カタギの人間たちが巻きこまれている以上は九里頭もあえて抵抗せず、両腕を縄で縛られ、そのまま揃って中庭まで連行されることとなってしまった。

とはいえ、上州あやかしの長がこれしきの逆境でうろたえるはずがない。

「余は『育て方を間違えた』と言ったんだよ。そして今のおぬしを見るかぎり、あのときの言葉はやはり正しかった。人間であることが最大の価値であったのに、自ら道を外してしまうとはね」

桜葉はふんと鼻を鳴らす。容姿こそ以前と変わらずスーツを着た壮年の男だったが、中身が半妖《はんよう》となったうえに本性を隠す必要がないからか、その表情は実に禍々しく、政治家というよりはマフィアのボスのように見える。

あるいは――独裁者か。

「私の価値を決めるのは私であり、お前ではない。それにあやかしの力を手に入れたからこそ、過去の因縁に終止符を打つこともできるわけだ」

「それで新たな因縁を作っているのだから世話がないね。懐柔こそ政治の極意、世の中には敵にまわしちゃいけない相手がいるということも教えておくべきだったかなあ」

「今の私を誰が倒せる。人間どもは九尾の術で思いのまま。あやかしの中には効かないものもいるだろうが、京のあやかしや陰陽寮ごとき力ずくでどうとでもなる。……ああ、黒舞戒とかいう天狗がいたな。しかしあの男に対してはすでに手を打ってある」

桜葉がパチンと指を鳴らす。直後、中庭に家政婦たちがぞろぞろと現れた。元々は金で雇われた裏社会の人間なのだが、今や人形のごとく生気がない。

家政婦のひとりに目をやると、とっておきの武器かなにかのように実華を掲げている。

桜葉は泣きじゃくる我が子を乱暴にひったくると、九里頭に告げた。

「黒舞戒はかつて宮杵稲と互角にやりあっていたらしいが、それはあの狐が九尾に昇華する前の話だろう。そうでなくてもこの子とお前たち、これだけの人質がいれば、ただの天狗ごときに負けるわけがない」

「うわ、だっさ」

「……今なにか言ったか、お前」

背後にいた千代が慌てて目をそらす。しかし桜葉にものすごい剣幕でにらまれると、縄に縛られたままの姿でヤケクソ気味にこう言った。

「だってそうじゃん。そこの座敷童みたいなあやかしはともかく、赤ちゃんに可愛い女子高校生を人質にとって勝利宣言って、いい歳して恥ずかしくないの」

「美魔女と評判のママもいるわよ、千代ちゃん」

「気が抜けるからちょっと黙ってて。……とにかく！　あんたみたいな中途半端《ちゅうとはんぱ》な面だとイケメン指数的に天狗ちゃんや狐さんにぶっちぎりの差をつけられてるわけだし、その時点で勝ちめがないでしょ。どうせすぐにけちょんけちょんにされるんだから今のうちにごめんなさいしといたほうがいいんじゃない？」

千代は早口でまくしたてたあと、桜葉に向かってふんぞり返ってみせる。後先を考えない行動に一同はハラハラしっぱなしだったが、九里頭だけはその威勢のいい啖呵《たんか》に腹を抱えて笑いだした。

「あっはっは！　政治家としては市民の声によく耳をかたむけておくべきだねえ。おぬしは人間のまま、正しい理屈を唱える政治家として——あるいはその子の父親として、黒舞戒とやりあうべきだった。もちろんそれでもなにか手を打ってきただろうけど、今ほど明確な脅威にはならなかったはずだよ」

九里頭はふいに顔をあげる。聖夜を彩っていた雪はやみつつあり、雲の狭間からぽっかりと丸い月が浮かんでいる。上州あやかしの長はその光景を眺めて満足げにうなずくと、いたずらをした子どもに怖いオバケが来るよと脅かすように、こう告げた。

「得体の知れない男さ。底が見えないと言ってもいい。人里に降りてきたあやつをはじめて見たときから、余は確信を持ってしまった。……力で挑めば絶対に勝てない。ならば懐柔して味方につけるほかないと、そう考えたのだよ」

「やきがまわったな、老妖。私も一度だけ話したことはあるが、扱いやすそうなあやかしにしか見えなかった。どこの山にでもいる、ただの天狗にすぎない」

「だからおぬしは、見る目がないと言っているのだよ。――ほら」

そこでただならぬ妖気を感じ、桜葉も頭上を見あげる。

直後、ぼんぼんぼんと弾けるような音が鳴り響き、夜空に浮かぶ月すらかき消してしまうほどの明るさで、色とりどりの光の花が咲きほこった。

「……花火だと⁉　こんな夜更けに、どこのどいつだ！」

「ふぉっふぉっふぉっ！　そりゃ当然、サンタさんに決まっているだろう！」

だだっ広い屋敷の、瓦屋根《かわらやね》のうえ。ど派手な花火を背景に浮かびあがる、三つ《いっ》の影。

桜葉、家政婦の集団、そして千代や祥子たちまで揃って、あまりに常軌を逸した光景に度肝を抜かれ、ぽかんと口を開けてしまう。しかし九里頭はにやにやと笑い、さきほどまで泣きわめいていた赤子もまた、楽しい劇がはじまる瞬間のように、ぱあっと明るい表情に変わっていく。

「……やっぱり滑ってないか。だから普通に奇襲しようと言ったのに」

「だめですよ、宮杵稲サマ。恥ずかしがると見ているほうもバツが悪いです」

「そうだぞトナカイども！　俺はこういうときのために映画とかで勉強しておいたのだ！

ほらさっさとヒーロー着地を決めろ！」

屋根のうえに突如として現れた忍び装束にサンタ帽という奇天烈《きてれつ》な三人組は、夜空に向かって跳躍すると、まったく同じタイミングで中庭に降りたつ。

そのあとでリーダー格の男がばっと翼を広げ、こう言い放った。

「実華を返してもらおうか。おねんねの時間は、とうに過ぎておるからな」

◇

「幕開けは花火、そしてクールなコスチューム。とどめにヒーロー着地と来れば老若男女問わず大ウケ間違いなし。見ろ、実華だってあのはしゃぎっぷり」

「あーだーはん！　あーだはん！」

「サンタさんって言っているみたいだね。この格好でよく伝わったなあ……」

黒舞戒と宮杵稲は華麗に登場するなり忍び装束を脱ぎ去り、間の抜けた掛け合いを披露しはじめる。白い着流しに黒のスーツ——平和に暮らしていたころのふたりがようやく、赤子の前に舞い戻ってきたのである。

「ふざけるな貴様ら！　今がどういう状況なのかわかっているのか！」

一方の桜葉は舐められていると感じたのか、きゃっきゃっとはしゃぐ赤子を抱えたまま、牙をむきだして凄んでみせる。獣の耳と九本の尻尾を生やし、今や誰がどう見てもあやかしそのものの姿となっている。

黒舞戒から妖力を与えられ復活を果たした宮杵稲も、そんな相手を眺めていると耐えがたいものがあるらしく、侮蔑のまなざしを向けながらこう言った。

「呆れるほど九尾の身体が似合わないな。ぼくみたいな美しい飾り身があるならともかく、汚らわしいおっさんじゃ出来の悪いコスプレにしか見えないぞ」

「しかも自分のほうが状況を理解できておらんとはな。人質に逃げられたことさえ気づかずイキり散らすとは、どこまでも恥ずかしいやつよ」

「なんだと……！」

はっとして周囲を見まわしたあと、桜葉は唖然とした。さきほどまで目の前にいたはずの九里頭、千代や祥子の姿がどこにもない。

そう——天狗たちはなにも伊達や酔狂でど派手に花火をぶちあげ、ふざけた登場シーンを演出したわけではない。すべては人質を助けるための目くらまし。目論《もくろ》みどおり翻弄された桜葉にしたり顔を向けながら、黒舞戒はさらに言葉を続ける。

「事前の打ち合わせなしに通じるか不安だったが、さすがは上州あやかしの長」

「九里頭サマも実華ちゃんまで取り返すのは無理だったみたいですけどね。でもまあ、今ごろはふたりを安全なところに避難させているでしょう。てなわけであとは御二方、よろしくお願いします」

「なんで露尾が仕切っているんだよ。ぼくらは助さん格さんじゃないぞ」

黒舞戒と宮杵稲の両方にどつかれたあと、荒事がはじまれば足手まといになりそうな河童はそそくさと物陰に避難していく。ひとりだけ忍び装束を着たままでいるからか、主役に華を持たせて舞台から引っこむ黒子のようである。

こうして実華を抱えた桜葉、そして裏社会の傭兵《ようへい》である家政婦たちと、天狗と狐のふたりだけが中庭で相対することとなった。冬空の月がスポットライトのように両陣営を照らす中、黒舞戒が不遜《ふそん》な笑みのまま口火を切る。

「桜葉よ、おとなしく赤子を返すなら見逃してやろう。狐のやつはさすがに心中おだやかではないようだが、実華さえ無傷で取り戻せるなら我慢すると言ってくれた。俺としてもお前が赤子の実の親である以上、手荒な真似はしたくない」

「冗談はよしたまえ。私は強大な九尾の力を手に入れ、めぼしい政治家はすでに支配下に置いている。お前たちは依然として交渉する立場にないわけだよ」

「なのにまだ、人質が必要なのかい。ずいぶんと臆病《おくびょう》なやつだな」

「慎重と言ってほしいな、宮杵稲。お前の力を手に入れた今、こんなガキんちょひとりどうでもいいのだが、人質としての価値が残っている以上は使わせてもらうさ。施設から拾ってきただけにしては、よく働いてくれている」

桜葉が得意げにそう語った直後、黒舞戒と宮杵稲はお互いに顔を見合わせる。

やや間があってから、天狗がうわずった声で聞き返した。

「ちょっと待て。お前、実の子だと言っていただろうに」

「顔がそっくりそっくりと連呼しておけば、聞いている側もそんなふうに見えてくるものだよ。九里頭でさえ疑いはしなかったから、似てはいるのだろうがね」

「では結局、なにもかも嘘だったわけだな」

まんまと騙された黒舞戒は、悔しさをにじませたようなため息を吐く。しかし直後、真横から不気味な声が響いてきて、いったいなにごとかと身構える。

宮杵稲が楽しそうに笑っている。発作が起きたようにケタケタと笑い飛ばしたあと、いつもの穏やかな表情にふっと戻って、夜空に浮かぶ月を見あげる。

「よかった。本当によかった。これで遠慮なく血祭りにあげられる」

「赤子が見ているのだから、あんまりえぐいのはだめだぞ……」

あまりにも邪悪な姿に、黒舞戒でさえドン引きしてしまう。

「それはそうと、この状況からどうやってあの子を取り返すつもりなんだい。君のことだから当然なにかしらの策があるんだろ」

「頭脳プレイはお前の担当ではないか。なんでこっちに振るのだ」

お互いの間に沈黙が流れる。

天狗と狐は揃って顔をしかめたあげく、目を泳がせながら吐き捨てた。

「おのれ露尾め。あいつのせいで作戦が台無しだ」

「信用したぼくたちが愚かだったね。まったく最近の若いあやかしは」

「なんでオレのせいにするんですか！　ふたりして自信満々だったくせに！」

「はっはっはっ！　つまり人質は今なお有効というわけだな。私としてもこれ以上、お前たちの茶番につきあうつもりはない。さあ、観念するがいい」

桜葉が手をあげると、周囲の家政婦が次々と黒光りする銃を構える。こんな物騒な代物をいったいどこに隠し持っていたのか。そのうえ背後に露尾、桜葉の腕には実華がいる。うかつに弾《はじ》けば跳弾が当たる危険もあるのだから、防御することさえ困難な状況だ。

黒舞戒は内心で焦りを募《つの》らせる。

本来であれば時間をかけて策を練ったのちに奇襲を仕掛けるべきだったのだが、千代や祥子まで捕らわれてしまったがために、早急に行動を起こさなければならなくなったのだ。いったん退くという手もなくはないが、桜葉が人間社会を支配しつつある以上、時間が経てば経つほどこちらが不利になってしまう。

なにより――もはや、我慢の限界だ。

あの男の手に実華が囚われている状況を、いつまでも見すごせるはずがない。

中庭に再びぴりぴりとした空気が漂う。それが伝わったのか、実華がぎゃんぎゃんと泣きはじめる。桜葉はつまらなそうに一瞥したあと、

「うるさいガキだな。黙れ」

赤子の頬を引っ叩いた。

突然の暴挙に、黒舞戒の顔が憤怒に歪む。

「やめろっ！　赤子に手をあげるやつがあるか！」

「私に指図するな、あやかし風情が。どうしてもと言うならさっさと投降しろ。お前たちがおとなしく奴隷になるのなら、まあ考えてやらないこともないぞ？」

返事の代わりに、無言で相手をにらみつける。

これまでの行動を見るかぎり、従ったところで約束が守られることはないだろう。隣を見れば宮杵稲が今にも襲いかからんばかりの形相で牙をむき、背後にいる露尾でさえ「ちくしょう！　オレだってやってやるぞ！」と吠えている。

むやみに突っ込んだところでさらなる窮地を招くだけなのは明らかだ。かといって打開策は依然として思い浮かばない。桜葉のあざけるような顔を前にしても、手をこまねいているばかりの自分が恨めしい。

月明かりに照らされて、実華の姿がくっきりと浮かびあがっている。赤子ですら手足をばたつかせ、必死に抗《あらが》おうとしているのだ。桜葉の理不尽な仕打ちに。泣くことしかできないでいる自分の無力さに。

黒舞戒は血がにじむほど強く拳を握った。生まれてはじめて奇跡を願った。

お釈迦様《しゃかさま》でも神様でもサンタクロースでもなんでもいい。

相手の注意を引くような、ほんの些細なきっかけさえ起きれば――。

「あーだ！　だーだ！　だあああっ！」

「くそっ、忌々しいガキめ！　私の言うことを聞かないと……むあっ！」

腕の中で暴れる実華の頬を再び叩こうと構えた直後、突如としてまばゆい光がほとばしった。突然のことに驚いた桜葉は、反射的にのけぞってしまう。

隙だらけの姿を見て好機と判断するや、天狗は赤子のもとへ駆けだそうとする。

しかし、足が一向に動かない。

全身がぴくりともしないのだ。

隣の宮杵稲も、走りだそうとするポーズを決めたまま固まっている。

桜葉も銃を構えている家政婦たちも、マネキンのように微動だにしない。

かすかに舞っていた雪の粒ですら例外ではなく、一時停止したように宙を浮いている。

あまりに異様な現象に唖然とする中、さらなる事実に気づく。

すべてが凍りついたような景色でただひとつ、平然と動き続けているものがあったのだ。

「あーう？」

静止した桜葉の腕から転げ落ちるように抜けだした赤子は、泣きやんだのちになに食わぬ顔でてこてこと歩きだし、黒舞戒のところまで近づいてくる。それからスーツの裾《すそ》をくいとつまみ、上目遣いで見つめる。

まるで――『もういい？』とでも、問いかけているかのように。

天狗は唖然とし、そのあとでようやく理解した。

だるまさんが転んだ、というわけか。実に童らしい戯れだな。

脱力して笑みを浮かべると、実華もにっと同じ顔を返してくる。

直後、なにもかもが一斉に動きだした。

「んん……っ⁉　なぜ赤子がそっちにいる！」

「黒舞戒サマ、なにをしたんですか⁉　いきなりピカッて光りましたけど！」

「打つ手なし、みたいな顔でしらばっくれていたくせに！　ぼくにまで教えないなんて本当にむかつくやつだな！　おかげでハラハラしっぱなしだったよ！」

桜葉と家政婦たちはてんやわんやに慌てふためき、露尾はもちろん宮杵稲までもが驚きながらも、傍らに実華を寄せている黒舞戒に安堵の表情を向けてくる。

一同の反応に戸惑ってしまうが、どうやらなにが起きたのか理解できているものは自分のほかにいないらしかった。なので赤子の顔をまじまじと見つめたあと、

「はっはっは！　これぞ奥義、不動金縛りの術！　切り札は最後まで隠しておくものだ！

なあ実華よ！」

「ふーだ、だだじはりとつーー！」

そうやって高笑いをしてみせるが、黒舞戒も内心では肝を冷やしていた。

見鬼の才に目覚めたと聞いたときからそのうち空を飛びはじめるのではないかと危惧していたものの……まさか、実華が時間を止めるとは。ろくに言葉も覚えていないうちからこのような術を編みだすとは、末恐ろしいガキんちょである。

なかば呆れつつ赤子を抱えあげると、天狗はあらためて桜葉たちと向きあう。

「これで形成逆転だな。実華が人質に取られておらぬのならば、狐ごときのしょっぱい力を奪った半妖なんぞ敵ではないわ」

「君にそう言われるとなんか腹が立つな……。でもまあ、遠慮する必要がなくなったといえばそのとおり。ぼくを辱めた報《むく》いは受けてもらうぞ、桜葉」

「赤子を取り返したくらいで図に乗るな。そもそも人質などいなくとも、貴様らに勝ちめはない。見たところ妖力の核をふたつに砕いたようだが、互いにわかちあったところで総量は同じ。黒舞戒が単なるオサキであったころの宮杵稲と同格のあやかしなら、九尾として昇華したのちに力を奪った今の私は、それ以上の存在ということになる」

桜葉は早口でまくしたてたあと、わずかに乱れた前髪をかきあげて獣耳つきのオールバックを作る。客観的に分析したならこの男の言いぶんはもっともであり、相変わらずの余裕ぶった態度も、ただの強がりというわけではなさそうだ。

しかし黒舞戒はにやりと笑い、狐のほうはなぜか苦々しい表情。

「……私はなにも間違ったことは言っていないぞ、あやかしども」

「ところが、そうでもないのだよな。宮杵稲、説明してやれ」

指図されたのが気に入らないらしく、宮杵稲はむっとしたように眉を吊りあげる。しかし黒舞戒の腕の中でだあだあとはしゃぐ赤子を見て毒気が抜かれたのか、やれやれと肩を落としたあとで敵陣のほうにくるりと向きなおった。

銀毛に包まれた耳が夜空に向かってピンと伸び、血のように赤い瞳がぎらりと光る。九尾の力こそ失ったものの、唯一残された尾は大樹のように太く自信に満ちあふれている。傲慢《ごうまん》にして冷淡。そう謳《うた》われた男が月のような笑みを浮かべる。

「桜葉、お前はいくつか勘違いしている。ひとつ――九尾の力を奪ったといっても、それを完全に使いこなすには相応の時間がかかる。少なくとも六百年の長きにわたって研鑽《けんさん》を続けてきたぼくとでは、能力に差があって当然だ」

「なんだ、そんなことか。私とて独自に付喪神や古文書を集めてきたのでね。切り札になりそうな術の心得くらいはあるのだよ。もちろん、鉛玉の用意も」

桜葉は銃を構えた家政婦たちを指して、勝ち誇ったような顔をする。

それに対して、宮杵稲はつまらなそうに一瞥しただけ。焦りをにじませるどころか、不気味なほど表情に変化がない。はるか高みから見下ろしているような笑みを浮かべたまま、淡々と言葉を続けていく。

「ふたつ――ぼくらは長年にわたり争ってきたけど、決着がついたことは一度もない。最後はいつも口喧嘩《くちげんか》で終わったから、どちらが強いかなんて答えは出しようがないはずなんだ」

「しかしお前は九尾に昇華した。その時点で黒舞戒と差がついていただろうに」

能面のごとき笑みから一転、宮杵稲はふっと破顔する。愉快というよりは自嘲《じちょう》めいた色があり、脈絡がないだけにいっそう気味悪く見えてくる。

狐は腰に手を当ててポーズを決めたあと、残ったほうの手で指を立てる。

「ずばり、それこそが一番の勘違いさ」

「どういうことだ……?」

「みっつ――今のぼくは以前より強い。九尾として昇華したのちも、これほど膨大な妖力を身に宿していなかった。これがどういう意味か、わかるかい?」

舞台俳優が観客《ファン》に問いかけるときのような、気障ったらしい仕草。黒舞戒が真横でニヤとしているのも気に食わない。ふたりのあやかしが今か今かと返答を待っているというのに、桜葉は依然として首をひねるしかなかった。

復活を果たしたと言っても黒舞戒から妖力を分け与えられただけなのだから、今の宮杵稲は以前と同じ強さを取り戻すどころか、もはや格下となっていた天狗の半分程度の力しかないはずである。

ましてや、強くなっているなんて絶対にありえない。それでも膨大な力を宿したというのなら、分け与えられた核そのものが伝説の九尾よりもずっと——ふいに寒気を覚え、桜葉はあとずさった。

九里頭はなんと言っていた。ただの天狗ごときを、どう見ていた。

予想だにしていなかった事実。そう、黒舞戒は、

「あいつは今まで、ぼくと本気で戦っていなかったのさ。どころか九里頭でさえ恐れおののくほどの膨大な妖力を、生まれてから一度も使わずにいたんだよ」

「ばかな……。ふたつに砕いても、九尾以上だと……」

「だって危ないだろ。本気を出したら」

黒舞戒はけろっとした表情でそう言った。この男にとっては天地を揺るがすのも赤子をひょいっと抱え直すのも大差ないのだろう。人間やあやかしよりずっとスケールのおおきな感覚で生きているからこそ、こうも屈託のない笑みを浮かべられるのかもしれない。

その強さの半分をいざ身に宿してみると、よくもまあ今まで隠していられたものだと感心してしまう。膨大すぎる力ゆえに加減が利かず、周りに迷惑ばかりかけていたわけだ。

本気を出せば上州の覇者どころか、神のごとき存在になりえただろうに——この天狗は結局どこまでも不器用で、誰よりも優しいあやかしだったのだろう。

「だからぼくは大嫌いなんだよ、君のことが」

「安心しろ。俺もお前を見るたびにそう思う」

「きゃっきゃっ！」

「ふん、どうせすべてハッタリだ！　構わずやってしまえ！」

桜葉は虚勢を張って号令をかける。しかし銃を構えていた家政婦たちは銃を構えるどころか突然ばたばたと倒れ、糸が切れたように動かなくなってしまう。

黒舞戒がにやつきながら、赤子を抱えていないほうの腕で手刀の構えを取っている。まさか今の一瞬で……？　と桜葉が理解したころには、周りに誰も残っていなかった。

「そいつらに罪はないだろうからな、ちょいと気を当てさせてもらった。おっと！　実華のやつ、こんなときに粗相をしやがったわ」

「ならさっさと片づけて、紙おむつを替えてやらないと。ついでにもうひとつの汚物のほうも、いっしょに丸めてぽいするとしよう」

悪い子はいないかというように、黒舞戒と宮杵稲がじりじりと間合いを詰めてくる。

本能的な恐怖を感じた桜葉は様々な妖術をくりだす。しかしそのすべてがいともたやすく防がれる。天から降り落とした雷の一撃も、凍てつくような氷の風も、地獄から呼びだした紅蓮《ぐれん》の業火も、ふたりが軽く手を払っただけで、見えない障壁に阻まれたあとでかき消えてしまった。

黒舞戒は赤い髪を逆立て漆黒の翼を悠々と広げ、宮杵稲もまた銀色に輝く獣耳だけでなく、同じ色の翼を背中から生やしている。

もはや天狗と狐ではなく、邪神と女神。

あやかし以上の規格外の存在が、妖《あや》しく光る月を背景にゆっくりと迫ってくる。

「やめろ、来るな……！　来るなあああっ！」

クリスマスイブの夜に、桜葉の悲痛な叫びが響き渡る。

しかしふたりは当然、まったく容赦をしなかった。

◇

こうして桜葉との一件は大団円で幕を閉じた。天地がひっくり返るほどの大騒動だっただけに、しばらくは誰もが後始末に奔走することになった。

もちろん真っ黒なサンタさんとして実華に新しいオモチャ（音が鳴る絵本など）をプレゼントしてやったり、年末に年越しそばを食べたり正月に初詣《はつもうで》に行ったりとイベントも満喫したが——ようやく平穏な生活が戻ってきたなあと感じるようになったのは、それから二ヵ月以上がすぎてからのことだった。

長く険しかった冬の寒さもようやく過ぎさり、外出するのが億劫《おっくう》に感じなくなってきた二月の終わりごろ。黒舞戒は赤子を抱えて高崎駅前のロイヤルホストにおもむき、いつものように露尾を呼びだしてランチを奢らせることにした。

実華には新調したばかりの前面にクマさんが織られた白いセーターとピンクのパンツを穿《は》かせ、自分は狐のクローゼットから拝借したバーバリーのコートに白シャツ、ユニクロの感動パンツという格好である。河童の若者は相変わらずヤンキースのキャップにチャンピオンのスウェットセットアップというストリートスタイルで、ひとまず彼にあやかし界隈の動きをあまさず報告させたあと、

「桜葉のやつは京都の地下に封じられたか。半妖にさえならなければ表の社会で裁かれただろうに、陰陽寮に捕らわれてしまったなら、二度と日の目を見ることはあるまい。まったくもって愚かなやつよ」

「九里頭サマが方々に手をまわしてくれたので、九尾の力でやらかした影響で国政が乱れることはありません。もちろん桜葉センセご自身がいなくなったことも……代わりなんていくらでもいるからねえ、というのがボスのコメントです」

「やはり血も涙もないな、あの御仁は。だから育て方を間違えるのだ」

露尾はなにも返さず、ただ肩をすくめてみせる。

実華も真似をして肩をすくめてけらけらと笑う。ホットミルクを飲ませれば「ぶぶぶぶ」と空気を吐いて遊びはじめるし、近頃は度をすぎたやんちゃ娘になりつつある。

とはいえそれが憎たらしくもあり、愛らしくもあり。

向かいの席で眺めている露尾はしみじみと、

「楽しそうですねえ、実華ちゃん。なにごともなくて本当によかった」

「そうだな。しかし俺たちと離れていた影響がまだ残っているのか、以前にも増して甘えてくるようになった。わずかでも姿が見えなくなるとぎゃんぎゃん泣きだすし、あのときはずいぶんと寂しい思いをさせてしまったと反省しておる」

そのあとで、黒舞戒は決然とした声で言った。

「だから俺は、実華とは二度と離れまい。この世のすべてを敵にまわしてもな」

「……雨降って地固まる、という諺《ことわざ》もありますからね。実華ちゃんが正式に兄さんたちの養子になるよう、あの手この手でなんとかすると九里頭サマもお約束してくださいました。なので今後は桜葉センセのような輩がちょっかいをかけてくることはないはずです」

「それを聞いて安心した。法律とか言われると天狗は弱いからな」

「ほーうつはおわいはらなー。ぷぷぷぷぷ」

実華に煽るように真似され、思わずふたりとも苦笑い。

しかし直後に露尾が姿勢を正して、神妙な顔でこう告げた。

「それはそれとして、黒舞戒サマと宮杵稲サマのコンビは今や上州どころか世界規模で知らぬものがいないレベルのカリスマですから。陰陽寮や遠野の連中が難癖をつけてくるでしょうし、下手したら英国の吸血鬼あたりまで出張ってくるかもわかりません」

「まためんどくさい話を……」

「九尾の力を得た桜葉を軽くひねり倒したら、そりゃいろんな相手に警戒されますよ。阿呆みたいに強いのはいいんですけど、天狗の兄さんはメンタル弱いし、狐の兄さんもあれでけっこうピュアだから、またころっと騙されるんじゃないかと、不安で不安で」

「お前、ここぞとばかりにだめ出ししやがるな。ろくに変化もできん若造に心配されるいわれなんぞないわ。このへたれ河童め」

「そうやって帽子を取るのやめてくださいよ！　ああ、頭の皿が！」

いい歳したあやかし同士が騒がしくじゃれあい、店内のサラリーマンたちに白い目を向けられたあと。露尾はふと思いだしたように、こんなことを言った。

「近頃はやれ光る謎《なぞ》の飛行物体を見たとか、公園に置かれていたベンチがぐるぐるにねじれてソフトクリームみたいになっていたとか、郊外の廃ビルが一夜でまるごと消滅したとか、過去に例のない怪奇現象が頻発していますから。市内のどこかに得体の知れないあやかしが潜んでいる可能性が高いんで、今後も身辺にはくれぐれも注意を払っておいてください」

「そ、そりゃまた奇怪な。肝に銘じておこう」

「あとたまにはオレもメシ奢ってもらいますよ。ではまた」

「ちょっ……！　待て露尾！」

慌てて引きとめるも、露尾は伝票を置いたままそそくさと出ていってしまう。

店内に残された黒舞戒はがっくりと肩を落としたあと、膝《ひざ》のうえでホットミルクを飲んでいる赤子を見る。

その姿は天使のように愛らしいが、悪魔のごとくふてぶてしくもあった。

「得体の知れないあやかしだとよ。さんざんな言われようだな、お前」

「ぶーー!」

実華は不満げに鼻を鳴らす。

まったく。英国の吸血鬼よりも、我が子のほうがよっぽど不安の種である。

◇

「ただいまー。実華ちゃーん、狐パパが帰ってきまちたよー。今日もとっても可愛いでちゅねー! いい子にしていまちたかー?」

「あーだだーー!」

「帰ってくるなりやめろ気色悪い! ばか丸出しではないか!」

紺地のスーツを着た仕事モードの宮杵稲がふやけた面で猫なで声を出してくる、という光景に耐えられず、リビングのソファで赤子とくつろいでいた黒舞戒は身をよじってしまう。しかし狐のほうは大真面目もいいところで、無駄に整った眉を吊りあげて言った。

「うるさい。ぼくは仕事している間ずっと我慢していたんだぞ。一日中実華ちゃん成分を摂取していた君にこのつらさがわかるものか」

「そうか。では今さっき撮ったお前の動画を千代やママ友たちに拡散しよう」

「頼むからやめてくれ。ぼくにだって世間体というものがある」

平然と言ってのける宮杵稲に、黒舞戒は呆れて次の言葉が出てこない。

例の騒動以来、実華の甘えっぷりも増したが狐の溺愛《できあい》っぷりも相当に悪化しており、見る影もなく親ばかと化してしまった仇敵と話していると頭が痛くなってくる。まったく、花魁《おいらん》のごとくツンとすましていたころが嘘のようである。

「よし、成分を補充できたから夕食にしよう。今日のメニューはなんでちゅか」

「お前、赤ちゃん言葉が抜けきれておらんぞ……」

この調子では、そのうち外で口にして赤っ恥をかくのではないか。他人事《ひとごと》ながらそんな心配をしつつ、赤子を抱えた宮杵稲とともにキッチンへ向かう。

仕事から帰宅する時間はだいたい把握しているため、卓にはすでに料理を並べてある。暖かくなってきたからかスーパーに春キャベツやそら豆が並んでいたので、今日のメニューは旬《しゅん》の野菜を使ったグラタンである。

幸いにも実華にアレルギーはなく、塩分にさえ気をつければチーズも栄養価が高い食材なので、離乳食にはうってつけである。そのうえ天狗と狐の大好物でもあるのだから、使わない手はない。

宮杵稲はメニューを見るなり「悪くないね」と呟き、ふーふーと冷ましてから実華に分け与えたのち、自分もスプーンをつけはじめた。とくにコメントはなく無言で食べ続けているが、本当に美味しいと感じているときほど料理に集中しているので口数がすくなくなる、ということはすでに承知している。

相手が満足していることに満足したあと、黒舞戒も実食する。

「やはり春の野菜は美味いな」

「そうだね。大地の恵みに感謝だ」

砂糖はいっさい使っていないし、たいした工夫をしていないのに、こうも甘く柔らかくなるのだから自然というのは驚異である。チーズの酸味とほのかな塩味も抜群にマッチしているし、実華を見ればこちらもそのまま天に昇っていきそうな笑みを浮かべている。

春の野菜ということもあり、天狗はふと根本の山での暮らしを思いだした。

気がつけば人里で暮らしはじめてから、そろそろ一年が経つ。我ながらずいぶんと変わったものだとしみじみ感じるものの、むしろ今の自分のほうが本来の姿なのではないかと、考えてしまうところもある。

生まれたときからべらぼうに強く、望めばなんでも手に入れることができたからこそ、本当はなにが欲しいのか、どんな時間を楽しいと感じるか、なにを成したいのかということが、まるで見えていなかった。

あるいは自由気ままに生きているようでいて、生まれ持った力に縛られていたのかもしれない。赤子に翻弄され俗世での不自由な暮らしに四苦八苦するようになり、力だけではどうにもならぬことがあると理解してようやく、本来の自分と向きあうことができたのだ。

そんなふうに自らを顧みた黒舞戒であったが、夕食と片づけが終わり夜が更けてくると穏やかな気分は一転し、宮杵稲と激しい火花を散らすこととなった。

両者はリビングのソファで赤子を挟むようにして座ると、

「今日はぼくが実華をお風呂に入れる！　この権利は誰にも渡さない！」

「阿呆か！　前回は譲ってやったのだから次は俺の番だ！」

親ばか同士の戦い、勃発《ぼっぱつ》。

毎度のことながらお互いに譲らず泥沼化するわけだが、災難なのは巻きこまれる実華である。口喧嘩ともじゃれあいともつかぬ争いにうんざりしたのか、今宵にかぎっては突然すくっと立ちあがると、ふてぶてしい顔をぷいと背ける。

「待て実華！　パパたちを置いていくな！」

黒舞戒が呼びとめるも、赤子はそのまま風呂に向かってしまう。

あろうことか——ふよふよと宙を浮いて。

天狗と狐は慌てて実華を追いかける。近頃は恐ろしいほど賢くなり、自力でどんどん妖術を習得する始末。おかげで赤子の行動をまったく制御できていない。なにせ身の危険が迫ったなら、周囲の時間を止めてしまうレベルなのだ。

結局なし崩し的に、ふたり揃って湯船に浸《つ》かる。

「……だから狭いって」

「仕方あるまい。これが実華の答えなのだ」

「うーだだーう！　だーあ！」

浴槽の中で体育座りしたまま向かいあう天狗と狐に挟まれて、実華はおおはしゃぎ。お湯がじゃぼじゃぼとあふれる中、ふたりは同じタイミングでふうと息を吐く。

「今からこの調子では、成長したらどうなるのであろうな。もはや普通に育てるなんてもってのほか、血の繋がりがあろうがなかろうが、人間ごときにどうにかできるガキんちょではないぞ。こやつは」

「俺の付喪神に見せたけど、妖力にかぎっては別段すごいわけではないらしい。だから単純な技量、それだけでぼくたちですら見たことがない妖術を習得しまくっているらしい」

「天才、というやつか。パリモダンのチーズキーマにせよ、人間というのは創意工夫ではるかな高みにいたるものであるからな。こやつの場合、それが妖術なのだとすれば……いずれとんでもないことをやらかすぞ」

「なんだい、怖気《おじけ》づいたのか？　ぼくらが実華に翻弄されっぱなしなのは今にはじまったことじゃないだろ。育てはじめたばかりのころを思いだしてみろよ」

黒舞戒は「まったくだ」と苦笑い。結局のところ親が子をコントロールできるはずもなく、毎度あれやこれやと手をつくしながら、暴れまわり走りまわるガキんちょを追いかけていくことくらいしかできないのだろう。

「家族になりたいだとか、わざわざ意気ごむまでもないな」

「どうして？」

「こうやって顔を突きあわせていれば、嫌でもそうなっていくからだ」

「なるほど。ぼくたちにとっては、逃れられない宿命みたいなものだね」

お互い素っ裸で見つめあったあと、天狗と狐はどちらともなく笑いだす。

思えば六百年の長きにわたり顔を突きあわせてきたのだから、わざわざホンモノかどうかと思い悩むなんて馬鹿馬鹿しいにもほどがある。お互いの嫌いなところを数えあげればキリがなく、だのにこうしてともに暮らしていけるのは、血の繋がりと変わらぬか、あるいはそれ以上の腐れ縁があるゆえのことであろう。

股のうえでちゃぷちゃぷと浮いている実華にせよ、いずれ千代が慎ましく見えるほど生意気な口を利くようになり、親ばかふたりを言い負かす日が来ないともかぎらない。

我が子を育てるというのは実に厄介だ。愛おしいというだけでは物足りない。いっそ憎たらしいくらいのほうが、丁度いいようにさえ思えてくる。

まったくもって酔狂な話。

だからこそ、俺たちは家族なのである。

この作品は書き下ろしです。

講談社
タイガ

〈著者紹介〉

芹沢政信（せりざわ・まさのぶ）
群馬県出身。第9回MF文庫Jライトノベル新人賞にて優秀賞を受賞し、『ストライプ・ザ・パンツァー』でデビュー。小説投稿サイト「NOVEL DAYS」で開催された、講談社NOVEL DAYSリデビュー小説賞に投稿した『絶対小説』にてリデビューを果たす。

天狗《てんぐ》と狐《きつね》、父《ちち》になる

2022年12月15日　第1刷発行　　定価はカバーに表示してあります

著者……………………………芹沢政信《せりざわまさのぶ》

発行者……………………………鈴木章一
発行所……………………………株式会社 講談社
〒112-8001 東京都文京区音羽2-12-21
編集03-5395-3510
販売03-5395-5817
業務03-5395-3615

KODANSHA

本文データ制作……………講談社デジタル製作
印刷……………………………株式会社ＫＰＳプロダクツ
製本……………………………株式会社国宝社
カバー印刷…………………株式会社新藤慶昌堂
装丁フォーマット…………ムシカゴグラフィクス
本文フォーマット…………next door design

ISBN978-4-06-529324-9　N.D.C.913　260p　15㎝

講談社
タイガ

芹沢政信

絶対小説

イラスト
alma

伝説の文豪が遺《のこ》した原稿〈絶対小説〉。それを手にした者には比類なき文才が与えられる。新人作家・兎谷三為《うさぎだにみつなり》にそんな都市伝説を教えた先輩は忽然《こつぜん》と姿を消した。兄と原稿の行方を探すことに誘われた兎谷は、秘密結社に狙われて常識はずれの冒険に巻き込まれる。絶対小説とは何なのか、愛があっても傑作は書けないのか——。これは物語を愛するしかない僕とあなたの物語だ。

講談社
タイガ

芹沢政信

吾輩は歌って踊れる猫である

イラスト
丹地陽子

バイトから帰るとベッドに使い古しのモップが鎮座していた。「呪われてしまったの」モップじゃない、猫だ。というか喋《しゃべ》った!? ミュージシャンとして活躍していた幼《おさな》馴《な》染《じみ》のモニカは、化け猫の禁《きん》忌《き》に触れてしまったらしい。元に戻る方法はモノノ怪たちの祭典用の曲を作ること。妖怪たちの協力を得て、僕は彼女と音楽を作り始めるが、邪魔は入るしモニカと喧嘩はするし前途は多難で!?

講談社
タイガ

友麻碧

水無月家の許嫁

十六歳の誕生日、本家の当主が迎えに来ました。

イラスト
花邑まい

水無月六花《みなづきりっか》は、最愛の父が死に際に残したひと言に生きる理由を見失う。だが十六歳の誕生日、本家当主と名乗る青年が現れると、〝許嫁《いいなずけ》〟の六花を迎えに来たと告げた。「僕はこんな、血の因縁《いんねん》でがんじがらめの婚姻であっても、恋はできると思っています」。彼の言葉に、六花はかすかな希望を見出す——。天女の末裔《まつえい》・水無月家。特殊な一族の宿命を背負い、二人は本当の恋を始める。

講談社タイガ

友麻 碧

水無月家《みなづきけ》の許嫁《いいなずけ》2
輝夜姫《かぐやひめ》の恋煩《こいわずら》い

イラスト
花邑まい

水無月六花《みなづきりっか》が本家で暮らすようになって二ヵ月。初夏の風が吹く嵐山での穏やかな日々に心を癒《い》やしていく中で、六花は孤独から救い出してくれた許嫁《いいなずけ》の文也《ふみや》への恋心を募らせていた。だがある晩、文也の心は違うようだと気づいてしまい——。いずれ結婚する二人の、ままならない恋心。花嫁修行に幼馴染みの来訪、互いの両親の知られざる過去も明かされる中で、六花の身に危機が迫る。

講談社
タイガ

如月新一

あくまでも探偵は

イラスト
青藤スイ

「森巣《もりす》、君は良い奴なのか？　悪い奴なのか？」平凡な高校生の僕と頭脳明晰《めいせき》、眉目秀麗な優等生・森巣。タイプの違う二人で動物の不審死事件を追いかけるうちに、僕は彼の裏の顔を目撃する。その後も、ネット配信された強盗と隠された暗号、弾き語りする僕に投げ銭された百万円と不審なゾンビ、と不穏な事件が連続。この街に一体何が起こってるんだ⁉　令和の青春ミステリの傑作！

講談社
タイガ

如月新一

あくまでも探偵は
もう助手はいない

イラスト
青藤スイ

「大人の世界に、名探偵の居場所はない」頭脳明晰《めいせき》、眉目《びもく》秀麗な優等生・森巣《もりす》の裏の顔は、SNSを駆使した謎の探偵だ。その心が善にも悪にも近しいと知るのは僕しかいない。被害者不明の誘拐事件に目的不明の爆弾魔。頻発する事件を頭脳で解き明かすうち、森巣は本物の刑事に容疑者として追われることとなる……。たどり着く結末に叫びが漏れる——青春ミステリはここまできた。

講談社
タイガ

斜線堂有紀

詐欺師は天使の顔をして

イラスト

Octo

一世を風靡《ふうび》したカリスマ霊能力者・子規冴昼《しきさえひる》が失踪《しっそう》して三年。ともに霊能力詐欺《さぎ》を働いた要《かなめ》に突然連絡が入る。冴昼はなぜか超能力者しかいない街にいて、殺人の罪を着せられているというのだ。容疑は〝非能力者にしか動機がない〟殺人。「頑張って無実を証明しないと、大事な俺が死んじゃうよ」彼はそう笑った。冴昼の麗《うるわ》しい笑顔に苛立ちを覚えつつ、要は調査に乗り出すが――。

講談社
タイガ

美少年シリーズ

西尾維新

ぺてん師と空気男と美少年

イラスト
キナコ

私立指輪《ゆびわ》学園で暗躍する美少年探偵団。正規メンバーは団長・双頭院学《そうとういんまなぶ》、副団長にして生徒会長・咲口長広《さきぐちながひろ》、番長だが料理上手の袋井満《ふくろいみちる》、学園一の美脚を誇る足利飆太《あしかがひょうた》、美術の天才・指輪創作《そうさく》だ。縁あって彼らと行動を共にする瞳島眉美《どうじままゆみ》は、ある日とんでもない落とし物を拾ってしまう。それは探偵団をライバル校に誘《いざな》う『謎』だった。美学とペテンが鎬《しのぎ》を削る、美少年シリーズ第二作！